Arte de amar

Poesía

Biografía

Publio Ovidio Nasón (43 a.C. – 17 d.C.), poeta romano, procedía de una familia acomodada, por lo que pudo estudiar retórica para dedicarse al Derecho junto con su hermano.
A la prematura muerte de éste, decidió consagrarse al estudio de su verdadera vocación: la poesía. Sus maestros fueron Arelio Fusco y Porcio Latrón. Tras sus viajes por Atenas, Asia y Sicilia, regresó a Roma, donde se relacionó con el emperador Augusto y desempeñó diferentes cargos públicos. La mayor parte de su obra se centra en el *Ars amatoria*, el arte del amor y del cortejo, por lo que se le considera una de las mayores influencias en el amor cortés. Tras un enfrentamiento con el emperador en el año 8 a.C., fue desterrado a Tomis, donde murió solo.

OVIDIO

ARTE DE AMAR

Traducción y edición
Antonio Ramírez de Verger

AUSTRAL

Obra editada en colaboración con Editorial Planeta – España

Título original: *Ars amatoria*

Diseño de la colección: Austral / Área Editorial Grupo Planeta

Bajo el sello editorial AUSTRAL M.R.
Avenida Presidente Masarik núm. 111,
Piso 2, Polanco V Sección, Miguel Hidalgo
C.P. 11560, Ciudad de México
www.planetadelibros.com.mx

Primera edición impresa en España en esta presentación: febrero de 2020
ISBN: 978-84-670-5878-9

Primera edición impresa en México en Austral: julio de 2025
ISBN: 978-607-39-2998-1

Impreso en los talleres de Impregráfica Digital, S.A. de C.V.
Av. Coyoacán 100-D, Valle Norte, Benito Juárez
Ciudad de México, C.P. 03103
Impreso en México - *Printed in Mexico*

LIBRO PRIMERO

Prólogo

Si alguien entre la gente no conoce el arte de amar,
¡que me lea e instruido con la lectura del poema se enamore!
Veloces se mueven las naves por la técnica, las velas y los remos,
por la técnica ligeros son los carros: por la técnica se guía el amor.
Automedonte era hábil en el carro y en las flexibles riendas,
Tifis era el piloto de la nave Hemonia:
A mí Venus me ha puesto como experto al frente del tierno Amor:
dirán de mí que soy el Tifis y el Automedonte del Amor.
Él, sin duda, es salvaje y dispuesto a rechazarme muchas veces,
pero es un niño, de edad tierna y fácil de ser controlado.
El hijo de Fílira convirtió a Aquiles niño en un experto en la cítara
y aplacó con este arte apacible su carácter salvaje;
quien tantas veces había aterrorizado a aliados, tantas veces a [enemigos,
se cree que había sentido miedo ante un anciano cargado de años;
las manos que habría de sentir Héctor, a la indicación del maestro
las ofrecía él sumisamente a los palmetazos.
Quirón fue preceptor del Eácida, yo soy preceptor del Amor:
los dos son niños crueles, los dos son hijos de una diosa.
Pero, con todo, también la cerviz del toro se carga con el arado
y los fogosos corceles tascan los frenos con los dientes,
y ante mí cederá el Amor, por más que hiera con su arco
mi pecho y blandiéndola lance su antorcha.

Cuanto más me traspasa amor, cuanto más violentamente me abrasa,
tanto mejor me habré de vengar de la herida recibida.
Yo no mentiré, Febo, diciendo que he recibido mi arte de ti,
ni recibo la inspiración de la voz de un ave del cielo,
ni se me han aparecido Clío y las hermanas de Clío,
mientras yo apacentaba el rebaño, Ascra, en tus valles.
La Experiencia inspira esta obra: obedeced a un poeta experto;
cantaré verdades: ¡asiste, madre del Amor, a mi proyecto!
¡Manteneos lejos, finas cintas, distintivo del pudor,
y tú, volante alargado, que cubres hasta los talones!
Yo cantaré a Venus segura y los furtivos amores permitidos
y en mi poema no habrá culpa alguna.

Plan de la obra

En primer lugar, esfuérzate en buscar lo que quieres amar,
soldado que ahora por primera vez llegas a nuevas guerras.
El segundo objetivo es ganarte a la joven que te ha agradado;
el tercero consiste en que el amor dure mucho tiempo.
Éste es el límite, éste es el campo que será marcado por mi carro,
ésta será la meta que habrá de rozar mi rueda veloz.

Parte I: Dónde conseguir a la amada

Elección de la amada

Mientras sea posible y puedas ir por doquier a rienda suelta,
elige a la que puedas decir «tú eres la única que me gustas».
Ésta no te llegará caída del cielo a través de suave brisa:
habrá de buscarse a la joven que tus ojos aprueben.
Sabe bien el cazador dónde tender las redes para los ciervos,
sabe bien por qué valle merodea el jabalí mientras arrúa;
el pajarero conoce los arbustos; el que sostiene los anzuelos
conoce las aguas donde nada abundante pescado.
También tú, que buscas el objeto de un amor duradero,
entérate primero de los lugares que frecuentan las jóvenes.

Yo no te ordenaré en tu búsqueda dar velas al viento
ni has de recorrer largo camino para encontrar.
No importa que Perseo haya traído a Andrómeda de la negra India
y que la joven griega haya sido raptada por el héroe frigio:
Roma te dará tantas y tan hermosas mujeres que podrás
decir «aquí se encuentra todo lo que existe en el mundo».
Cuantas cosechas tiene el Gárgaro, cuantos racimos Metimna,
cuantos peces se ocultan en el mar y aves en la fronda,
cuantas estrellas hay en el cielo, tantas jóvenes tiene tu Roma:
la madre de Eneas se ha asentado en la ciudad de su hijo.
Si eres cautivado por las muy jovencitas todavía en desarrollo,
ante tus ojos vendrá una joven de verdad;
si deseas a una joven, mil jóvenes te agradarán:
te verás obligado a no saber qué desear;
si acaso te gusta la edad madura y más sabia,
también este grupo, créeme, será muy numeroso.

Lugares de encuentro: pórticos, templos, el foro

Tú sólo tienes que pasear tranquilamente a la sombra de
[Pompeyo,
cuando el sol alcanza el lomo del león de Hércules,
o donde la madre ha añadido sus propios regalos
a los de su hijo, obra rica en mármol extranjero.
Y no evites el pórtico adornado de antiguas pinturas
que lleva el nombre de su fundadora Livia,
ni el lugar donde las hijas de Belo se atrevieron a maquinar la
[muerte
de sus desgraciados primos y está su fiero padre con la espada
[desenvainada;
Y no se te pase por alto Adonis, llorado por Venus,
y los cultos sagrados semanales del judío sirio,
ni huyas de los templos menfíticos de la linígera novilla:
ella hace a muchas lo que ella fue para Júpiter.
Incluso el foro es apropiado —¿quién se lo podría creer?— para el
[Amor

y su llama se encontró muchas veces en el ruidoso foro,
por donde la ninfa Apíade, situada al pie del templo de mármol
de Venus, lanza al aire sus chorros de agua.
En ese lugar el abogado queda muchas veces cautivo del Amor,
y quien se cuida de los otros, no se cuida de sí mismo;
en ese lugar muchas veces le faltan las palabras al elocuente,
se presenta una nueva situación y es la suya la causa que hay que defender.
De éste se ríe Venus desde su templo que está al lado:
quien ha poco era abogado, ahora desea ser cliente.

El teatro

Pero tú ve a la caza especialmente en los curvados teatros:
estos lugares son más productivos que tus deseos.
Allí encontrarás qué amar, con qué puedas divertirte,
qué puedas tocar una sola vez y qué quieras retener.
Como van y vienen en larga hilera numerosas hormigas
llevando el alimento acostumbrado en sus granígeras bocas,
o como las abejas, tras alcanzar sus sotos y olorosos
pastizales, revolotean sobre las flores y las puntas de tomillo,
así las mujeres acuden muy elegantes a los concurridos juegos:
su abundancia retrasó muchas veces mi elección.
Vienen a ver y vienen para ser vistas ellas mismas:
el lugar es la perdición del casto pudor.

Digresión: el rapto de las sabinas

Tú, Rómulo, fuiste el primero que perturbaste los juegos,
cuando el rapto de las sabinas agradó a varones sin esposa.
Entonces ni colgaban toldos del teatro de mármol
ni la escena se enrojecía de azafrán líquido;
allí las hojas que proporcionaba el boscoso Palatino,
colocadas con sencillez, era el escenario sin sofisticación;
en gradas hechas de césped toma asiento la gente,
protegiendo sus desgreñados cabellos con toda clase de hojas.

Les dirigen su mirada y cada cual señala para sí a la mujer
que desea: en el silencio de sus corazones revuelven muchos
[proyectos;
y mientras que, al rudo compás de un flautista etrusco,
el bailarín golpea tres veces con su pie la tierra allanada,
en medio del aplauso —los aplausos entonces carecían de técnica—
el rey dio a su pueblo la señal esperada para el rapto.
Inmediatamente se lanzan delatando sus intenciones con el
[griterío
y ponen sus manos ansiosas sobre las doncellas.
Como huyen de las águilas las palomas, temerosa bandada,
como huye la oveja destetada de los lobos odiosos,
así ellas sintieron miedo de hombres que se lanzaban sin control:
ninguna conservó el color que tuvo antes.
El miedo, en efecto, era uno solo, pero no era una sola la cara de
[miedo:
unas se arrancan el cabello, otras se sientan fuera de sí;
una triste queda en silencio, otra llama en vano a su madre: ésta
se queja, queda estupefacta aquélla, ésta permanece quieta, la
[otra huye.
Raptadas se llevan a las doncellas, botín matrimonial:
el temor mismo sentó bien a muchas.
Si alguna se resistía demasiado y rechazaba a su compañero,
el hombre mismo la llevaba en volandas sobre su pecho deseoso
y así le decía: «¿Por qué estropeas tus tiernos ojos con lágrimas?
Lo que tu padre es para tu madre, esto seré yo para ti».
Rómulo, sólo tú supiste premiar a tus guerreros:
si a mí dieras estos premios, soldado yo seré.
Y es verdad que a partir de aquella solemne tradición los teatros
también ahora continúan como lugares de asechanzas para las
[hermosas.

El Hipódromo

No se te escapen las carreras de caballos de raza:
el Hipódromo con su gran aforo ofrece muchas gratificaciones.

No hay necesidad de dedos que descubran secretos
ni se han de recibir señales con meneos de cabeza.
Si nadie te lo impide, siéntate al lado de tu dueña,
arrima tu costado a su costado por donde más puedas.
Y es bueno el que las filas te obliguen, aunque no quieras, a estar
pegados y que estés obligado a tocar a la joven por las condiciones
[del lugar.
Búscate aquí ocasión de amigable conversación
y cumplidos conocidos muevan tus primeras palabras.
¡Procura preguntarle, aficionado, de qué cuadra son los caballos
[que participan
y sin tardanza anima a quien ella anime, sea el que sea!
Y cuando pase una larga procesión de estatuas dioses de marfil,
¡tú aplaude a la Señora Venus con mano entusiasta!
Y, como suele suceder, si acaso cae polvo en el regazo
de la joven, habrás de sacudirlo con los dedos;
aunque no haya caído polvo alguno, con todo sacude a ese ninguno:
cualquier excusa será buena para tu servicialidad.
Si el manto demasiado suelto estuviera tirado en tierra,
recógelo y atento cógelo del sucio suelo.
Pronto, como pago a tu servicialidad y con el permiso de la joven,
tus ojos podrán ver sus piernas.
Además, mira hacia atrás para ver quién es el que se sienta
detrás de vosotros, no oprima su delicada espalda con las rodillas.
Pequeñeces cautivan a espíritus sensibles: fue útil a muchos
mullir la almohadilla con mano hacendosa;
Les fue de utilidad también mover el aire con fino abanico
y poner hueco escabel bajo su delicado pie.

Combates en el foro

El Hipódromo ofrecerá estas oportunidades para un nuevo amor
y también la triste arena esparcida por el bullicioso foro.
Muchas veces el hijo de Venus luchó en esa arena
y quien contempló las heridas, heridas recibe.
Mientras habla, toca la mano, pide el programa

e indaga sobre el vencedor tras pagar la apuesta,
herido gime, siente el dardo volador
y él mismo es parte del espectáculo que ha contemplado.

Las naumaquias

¿Y qué cuando el César hace poco, a semejanza de una batalla
naval, trajo naves persas y atenienses?
Cierto es que llegaron jóvenes de uno y otro mar y doncellas
de uno y otro mar: un enorme orbe hubo en la Urbe.
¿Quién no encontró en aquella multitud de qué enamorarse?
¡Ay, a cuántos atormentó un amor extranjero!

Desfiles triunfales

He aquí que el César se dispone a añadir lo que falta del mundo
conquistado: ahora, Oriente más lejano, serás nuestro.
Parto, recibirás el castigo: ¡alegraos Crasos enterrados
y enseñas que no soportasteis bien manos bárbaras!
Se presenta el vengador que se reconoce jefe en sus primeros años
y dirige de joven guerras que no debe dirigir un joven.
Dejad, cobardes, de contar los cumpleaños de los dioses:
a los Césares el valor les llega antes de tiempo.
Su divino poder crece más rápido que sus propios años
y sobrelleva mal el daño de una indolente demora.
Pequeño era el Tirintio cuando ahogó con sus manos
a dos serpientes siendo ya en la cuna digno de Júpiter;
tú también, Baco, que eres niño, ¡qué grande fuiste entonces
cuando temía tu tirso la India vencida!
Con el auspicio y las fuerzas de tu padre, niño, harás la guerra
y vencerás con el auspicio y fuerzas de tu padre.
A tal inicio militar bajo nombre tan importante estás obligado,
príncipe de la juventud ahora y príncipe futuro de los ancianos
[después.
Puesto que tienes hermanos, venga a tus hermanos ofendidos,
y puesto que tienes padre, ¡defiende los derechos de tu padre!

Tu padre y el padre de la patria te ha revestido con las armas:
un enemigo arrebata el trono contra la voluntad de su padre.
Tú llevarás piadosos dardos, aquél saetas criminales:
el derecho y la piedad se alzarán a favor de tus enseñas.
Por la razón son derrotados los partos, sean también derrotados [por las armas:
añada mi caudillo las riquezas del Este al Lacio.
¡Padre Marte y padre César, conceded vuestra protección al que [parte!
De vosotros, en efecto, uno eres un dios, tú serás el otro.
Mira, lo profetizo: vencerás y yo corresponderé con canciones [votivas
que he de hacer yo sonar con un gran aliento.
Te detendrás y arengarás a las tropas con mis palabras:
¡que no falten mis palabras a tu arrojo!
Aludiré a las espaldas de los partos y al valor de los romanos
y a los dardos que lanza el enemigo con el caballo vuelto.
Tú que huyes para vencer, ¿qué dejarás, Parto, para el vencido?
Parto, tu Marte tiene ya ahora un mal augurio.
Así que llegará el día en que tú, el más hermoso de los seres,
irás revestido de oro en cuatro caballos de nieve;
irán delante generales con sus cuellos cargados de cadenas,
para que no puedan estar seguros, como antes, en la huida.
Lo contemplarán jóvenes y doncellas mezclados
y tal día infundirá moral a todos.
Y cuando alguna de aquellas pregunte los nombres de los reyes,
qué lugares, qué montañas o qué aguas se representan,
responde a todo y no sólo si alguna pregunta,
y lo que no sepas cuéntalo como si lo conocieras bien:
éste es el Éufrates con la frente rodeada de cañas;
al que le cuelga cabellera azulada, será el Tigris;
a éstos hazlos armenios, ésta es Persia, descendiente de Dánae,
esa ciudad estuvo en los valles de Aquemenia;
aquél o aquel otro serán los generales y tendrán los nombres que [digas,
verdaderos, si puedes, y si no, al menos, apropiados.

Los banquetes

También te ofrecen oportunidades los banquetes tras servirse las [mesas:
hay otra cosa, además del vino, que puedes alcanzar allí.
A menudo allí el purpúreo Amor atrajo y estrechó
en sus tiernos brazos los cuernos de Baco reclinado,
y, cuando el vino ha rociado las alas empapadas de Cupido,
se queda y permanece él, pesado, en el sitio que ha tomado.
Aquél desde luego sacude rápidamente las alas humedecidas,
pero pese a ello también produce daño el que Amor salpique su [pecho.
El vino prepara los corazones y los hace aptos para la pasiones:
Huyen las preocupaciones y se diluyen con el abundante vino.
Entonces llegan las risas, entonces el pobre cobra valor,
entonces se alejan el dolor, las preocupaciones y las arrugas de la [frente;
entonces abre las mentes la sencillez, muy rara en nuestra época,
pues este dios rechaza todo artificio.
Allí a menudo las doncellas arrebataron el corazón de los jóvenes
y Venus entre vinos fue fuego sobre fuego.
Entonces tú no confíes demasiado en la lámpara engañosa:
la noche y el vino perjudican para valorar la belleza.
A la luz y a cielo abierto contempló París a las diosas,
cuando dijo a Venus «Venus, tú ganas a las dos»;
de noche se ocultan las faltas y se perdonan todos los defectos
y a esa hora cualquiera es hermosa.
¡Consulta al día sobre piedras preciosas, sobre la lana teñida
de púrpura, consulta sobre el rostro y sobre el físico!

La playa o la montaña: Bayas o Aricia

¿A qué voy a enumerar las reuniones de mujeres dispuestas
para la caza? La granos de arena cederían a mi lista.
¿A qué hablar de Bayas y sus costas orladas de velas
y de aguas que humean de cálido azufre?

De aquí uno que traía una herida en el pecho dijo:
«no eran, como se dice, estas aguas saludables».
Mira, está el templo boscoso de Diana suburbana
y el reino nacido de la espada con mano dañina.
Ella, como es virgen, como odia los dardos de Cupido,
ha causado muchas heridas a su gente y muchas causará.

PARTE II: CÓMO CONSEGUIR EL AMOR DE LA AMADA

Hasta aquí Talía, llevada en ruedas desiguales, te enseña
dónde escoger el objeto de tu amor y dónde tender las redes.
Ahora me propongo decirte la tarea principal de mi arte:
con qué artes has de cautivar a la que te ha gustado.
¡Varones, quienes seáis y donde estéis, prestad dóciles atención
y como gente corriente favoreced mis proyectos!

CONFÍA EN TI MISMO Y EN EL DESEO DE LAS MUJERES

Lo primero que venga a tu mente sea la confianza de que todas
pueden ser conquistadas: las conquistarás con sólo tender las redes.
En primavera callarían las aves, en verano las cigarras,
daría el perro de Ménalo la espalda a la liebre antes de
que una mujer cariñosamente cortejada rechace a un joven:
también querrá esta que tú pensarías que no quiere.
Como al hombre le agrada Venus furtiva, así a la mujer:
el hombre lo disimula mal, ella oculta más sus deseos.
Acordemos los hombres no pretender los primeros a ninguna:
que la mujer vencida represente el papel de pretendiente.
En los tiernos pastizales muge la novilla al toro
y la yegua siempre relincha ante el cornípedo caballo.
En nosotros es más templado y no tan furioso el deseo sexual:
la llama varonil muestra un fin legítimo.
¿A qué hablar de Biblis que ardió en el amor prohibido
por su hermano y lavó valientemente su crimen con el lazo?

Mirra amó a su padre, pero no como debe una hija,
y ahora se esconde oprimida en la corteza que la envuelve;
con sus lágrimas que derrama de árbol oloroso
nos perfumamos y las gotas llevan el nombre de su dueña.
Casualmente al pie de los umbrosos valles del boscoso Ida
había un toro blanco, orgullo de la manada,
marcado entre los cuernos con un tenue lunar negro:
una sola era la mancha, el resto era blanco como la leche.
A éste novillas de Cnossos y Cidón desearon
sostenerle sobre sus propios lomos.
Pasífae se alegraba de convertirse en la adúltera del toro:
envidiosa odiaba ella a las vacas hermosas.
Canto hechos conocidos: esto, la que sostiene a cien ciudades,
aunque sea mentirosa, no puede negarlo Creta.
Ella misma, cuentan, los nuevos brotes y lo más tierno del prado
segaba con su mano, que no estaba acostumbrada a ello.
Va acompañando a la manada sin que le retenga en su marcha
el recuerdo de su esposo: Minos por un buey queda derrotado.
¿Qué ganas, Pasifae, con ponerte vestidos preciosos?
Ese adúltero tuyo no aprecia nada las riquezas.
¿De qué te sirve a ti un espejo, si vas en pos de rebaños montaraces?
¿Para qué arreglas tantas veces, torpe, tu cabello?
Fíate con todo del espejo que te dice que tú no eres novilla:
¡cómo desearías que te salieran cuernos en la frente!
Si te gusta Minos, no busques ningún amante;
y si prefieres engañar a un hombre, engáñalo con otro hombre.
Abandonando su lecho nupcial la reina hacia bosques y sotos
se arrastra cual Bacante excitada por el dios de Aonia.
¡Ay!, ¿cuántas veces miró a una vaca con cara de enemiga
y dijo: «¿por qué agrada ésa a mi dueño?
¡Mira cómo salta delante de él en las tiernas hierbas:
no dudo de que la tonta piensa que eso le sienta bien!»
Así habló e inmediatamente ordenó sacarla del numeroso
rebaño y arrastrarla sin merecerlo bajo el curvado yugo,
o la obligó a caer ante los altares en fingido sacrificio
sosteniendo en sus manos alegres las entrañas de su rival.

¡Cuántas veces aplacó a las divinidades
y dijo sosteniendo las entrañas: id y agradad al que es mío!
Y unas veces pide convertirse en Europa y otras en Ío,
pues ésta es vaca y la otra fue raptada por un toro.
Con todo, el toro dominante de la manada, engañado por la vaca
de arce la cubrió y en el parto se descubrió al responsable.
Si la cretense se hubiera apartado del amor de Tiestes
—¡pero es tan poco lo que cuesta poder agradar a un solo [hombre!—,
Febo no se hubiera detenido a mitad de su camino ni girando
el carro se habría dirigido hacia la Aurora con sus caballos de [vuelta.
La hija de Niso por robarle los purpúreos cabellos
soporta perros rabiosos en el pubis y entrepierna.
El Atrida que escapó en tierra de Marte y en el mar
de Neptuno fue víctima cruel de su esposa.
¿Quién no lloró la llama de la efirea Creusa
y a la madre ensangrentada por la muerte de sus hijos?
Lloró Fénix, el hijo de Amintor, por sus ojos vacíos:
a Hipólito vosotros, caballos desbocados, despedazasteis.
¿Por qué, Fineo, sacas los ojos a tus hijos sin merecerlo?
Ese castigo habrá de caer sobre tu cabeza.
Todos esos sucesos se han debido a la libido femenina:
es más intensa y tiene más de locura que la nuestra.
De modo que, mira, no dudes en tener esperanzas con todas las [mujeres:
raramente habrá una entre muchas que te diga que no.
Las que consienten y las que se niegan, con todo se alegran de ser [cortejadas:
aunque fracases inmediatamente, el rechazo hacia ti no supone [un peligro.
Pero ¿por qué vas a fracasar, cuando un nuevo placer resulta tan [agradable
y lo ajeno cautiva el corazón más que lo propio?
Siempre es más abundante la cosecha en el campo de los demás
y el ganado del vecino tiene la teta más gorda.

BUENAS RELACIONES CON LA CRIADA

Pero cuídate antes de conocer a la criada de la mujer
que vas a seducir: ella hará el acercamiento más fácil.
Mira si ella está próxima a los planes de su dueña
o si es una cómplice poco fiel para diversiones discretas.
Sobórnala tú con promesas, sobórnala tú con súplicas:
lo que pretendes, si ella quiere, lo tendrás fácilmente.
Ella elegirá el momento —también los médicos observan el
[momento apropiado—,
en el que el ánimo de su dueña esté propicio y listo para la
[seducción.
El ánimo estará listo par la seducción justamente cuando en plena
[felicidad
se muestre exuberante como la cosecha en tierra fértil.
Los corazones, cuando están alegres y no están cercados por el
[dolor,
se abren por sí mismos: entonces penetra Venus con arte seductor.
Ilión, cuando estaba triste, fue defendida por las armas:
alegre recibió al caballo preñado de soldados.
También hay que tantearla cuando esté dolida agraviada por una
[rival:
entonces te esforzarás por que no quede sin vengar.
La esclava, al peinarle los cabellos por la mañana, la provoque,
añadiendo a las velas la ayuda de los remos,
y entre suspiros se diga a sí misma en suave murmullo:
«pues me parece que no puedes pagarle con la misma moneda».
Es el momento de que hable de ti, es el momento de que añada
[palabras
persuasivas y jure que mueres por ella de loco amor.
Pero date prisa, no sea que se caigan las velas y amaine la brisa:
como el frágil hielo, así se aplaca la ira con el tiempo.
¿Preguntas si es provechoso forzar a esta misma sirvienta?
Aceptar algo así implica un gran riesgo.
A partir de la coyunda una se vuelve atenta, la otra remolona,
una te prepara como regalo para su dueña, otra para ella misma.

El resultado depende del desenlace: aunque éste favorezca
a tu osadía, mi consejo sin embargo es abstenerse.
No iré yo por precipicios y cumbres escarpadas
ni joven alguno será capturado bajo mi guía.
Si con todo la criada, mientras entrega y recibe los billetes de amor,
te agrada por su cuerpo y no sólo por su presteza,
procura primero apoderarte de su dueña y aquella le acompañe [después:
para ti Venus no ha de empezar por la criada.
Una sola cosa te aconsejo, si es que se cree algo en mi arte
y el viento furioso no se lleva mis palabras por el mar:
¡o no lo intentes o hazlo de verdad! Se elimina al delator,
tan pronto como ella misma toma parte en el delito.
No huye convenientemente el ave con sus alas enviscadas
y no sale fácilmente el jabalí de redes enmarañadas;
el pez herido queda prendido del anzuelo que picó:
¡acosa a la que tientas y no te vayas si no es de vencedor!
Entonces no te traicionará por ser cómplice de un delito común,
y los hechos y dichos de tu dueña podrás conocerlos.
¡Pero guárdese bien el secreto! Si se guarda bien a la delatora,
siempre tu amiga llegará a tu conocimiento.

Los regalos

Se equivoca quien cree que sólo los que cultivan el campo
laborioso y los marineros tienen que esperar el momento oportuno;
no siempre Ceres ha de confiar en los campos engañosos
ni siempre las cóncavas naves en las verdes aguas,
ni siempre es seguro conquistar a tiernas doncellas:
muchas veces en un tiempo dado se conseguirá lo mismo.
Si llega el día de su cumpleaños o las Calendas,
en las que Venus se complace en seguir a Marte,
o si el Hipódromo no está adornado, como antes, con figurillas
de barro, sino que tiene expuestas riquezas de reyes,
¡aplaza tu tarea! Entonces apremia el triste invierno, entonces las [Pléyades,

entonces el tierno Cabritillo se sumerge en las aguas del mar;
entonces es bueno descansar, entonces si alguien se confía al mar,
apenas se podrá agarrar a los pedazos náufragos de su nave
[destrozada.
Tú puedes empezar el día en que el llorado Alia
fue sangriento debido a las heridas latinas,
y en el día, poco apto para emprender negocios, en que vuelve
la fiesta semanal observada por el palestino de Siria.
Sé muy supersticioso con el cumpleaños de tu amiga
y el día en que haya que dar algún regalo, sea ése un día negro.
Pero, por más que lo evites, sin embargo te despojará: la mujer
encuentra el arte de arrancar las riquezas del amante apasionado.
Un buhonero impúdico se presentará a tu dueña gastosa
y mostrará sus mercancías estando tú sentado;
ella te rogará que las examines para aparentar que entiendes:
después te dará besos y después te rogará que compres.
Jurará que con eso estará satisfecha para muchos años:
dirá que ahora lo necesita y que ahora es la ocasión para comprar.
Si te excusas con que no hay monedas en casa para dar, se te pedirá
tu firma, para que te arrepientas de haber aprendido a escribir.
¿Y qué pasa cuando te pide regalos como una tarta de cumpleaños
y cumple años cuantas veces le viene en gana?
¿Y qué pasa cuando muy entristecida llora por una pérdida de
[mentira
y finge que se le ha desprendido un pendiente de su perforada
[oreja?
Piden que se les presten muchas cosas, pero se resisten a devolver
[lo prestado:
malgastas, pero no ganas favor alguno con las pérdidas.
No tendría yo bastante con diez bocas y otras tantas lenguas
para enumerar las sacrílegas artes de las meretrices.

LAS CARTAS DE AMOR

La cera derramada sobre pulidas tablillas tantee el vado:
la cera vaya como la cómplice primera de tu ánimo.

Lleve ella tus cariños y las palabras que hacen las veces
del enamorado y añade, seas quien seas, no pocas súplicas.
Conmovido por súplicas Aquiles regaló Héctor a Príamo:
el dios airado se doblega con voz suplicante.
Haz promesas, pues ¿qué perjudica hacer promesas?
en promesas cualquiera puede ser rico.
La Esperanza, si se cree una vez en ella, se mantiene largo tiempo:
es ella sin duda una diosa engañosa, pero desde luego útil.
Si has dado algo, podrás ser abandonado por una buena razón:
el pasado pasado está y nada se habrá perdido.
Pero lo que no hayas dado, parezca siempre que lo vas a dar:
así el campo estéril engaña muchas veces a su dueño.
Así, para no perder, no deja de perder el jugador
y el dado muchas veces llama de nuevo a sus manos ansiosas.
Ésta es la tarea, éste es el esfuerzo: unirse sin un primer regalo:
para no darte gratis lo que dio, seguirá dando.
Así pues, vaya la carta surcada con palabras cariñosas,
explore sus sentimientos y sea la primera en tantear el camino.
Una carta mandada en una manzana engañó a Cidipe
y, sin saberlo, la joven fue cautivada con sus propias palabras.
Aprende, juventud romana, las bellas artes, es mi consejo,
y no sólo para defender a acusados temblorosos.
Como el pueblo, el severo juez y el senado electo,
así la joven vencida entregará sus manos a tu elocuencia.
Pero queden ocultos tus recursos y no seas elocuente con [ostentación:
huyan tus expresiones de palabras afectadas.
¿Quién sino un idiota declamaría ante su tierna amiga?
Muchas veces una carta altisonante fue motivo de odio.
Que tu lenguaje sea creíble y tus palabras normales,
aunque cariñosas, como si estuvieras hablando ante ella.
Si no acepta el escrito y lo devuelve sin leer,
ten la esperanza de que lo leerá y continúa insistiendo.
Con el tiempo los novillos remisos acuden al arado,
con el tiempo se enseña a los caballos a soportar los flexibles [frenos;
el anillo de hierro se desgasta con el uso diario,

se estropea la curvada reja con la tierra diaria;
¿qué hay más duro que la piedra, qué más blando que el agua?
Sin embargo, la blanda agua horada la dura roca.
A Penélope misma, con tal de que perseveres, vencerás con el [tiempo:
fíjate que Pérgamo fue conquistada tarde, pero fue conquistada.
Si la ha leído y no quiere contestarte, no la obligues:
tú encárgate solamente de que lea sin cesar tus requiebros.
La que quiso leer, querrá contestar a lo leído:
esas cosas llegarán por sus propios pasos y a su ritmo.
Puede que primero te llegue una carta con malas noticias,
en la que te pide que dejes de molestarla.
Pero lo que ella pide, lo teme, y lo que no pide, desea que insistas:
sigue y muy pronto lograrás tus deseos.

Encuentros

Entre tanto, si la llevan a ella reclinada en un lecho,
sitúate con disimulo junto a la litera de tu amada,
y para que nadie ponga oídos odiosos a tus palabras,
ocúltalas astuto, en la medida de lo posible, con señales ambiguas.
Si con pies ociosos ella recorre el ancho paseo,
aquí también únete tú a un paseo tranquilo junto a ella,
y procura ir unas veces por delante y otras síguela por la espalda,
caminando unas veces deprisa y otras yendo despacio.
No tengas reparos en deslizarte por algunas columnas
del centro o pegar tu costado al suyo,
ni sin ti se siente, radiante, en el redondo teatro:
ella te ofrecerá en sus hombros algo que puedas contemplar.
Podrás volver la cara hacia ella, admirarla,
hablarle mucho a través del entrecejo, mucho a través de señales;
aplaude también mientras el mimo remeda bailando a alguna joven
y ponte del lado del que hace el papel de amante.
Cuando ella se levante, te levantarás tú; mientras esté sentada,
estarás tú sentado: ¡pierde el tiempo al capricho de tu dueña!

Higiene y aseo

Pero que no te agrade rizarte el cabello con rulos de hierro,
ni te depiles las piernas con afilada piedra pómez.
Manda que hagan eso quienes gritando cantan
a la madre Cibeles en ritmos de Frigia.
Una belleza descuidada sienta bien a los hombres: a la hija
de Minos se la llevó Teseo sin que ningún pasador adornara sus
[sienes;
Fedra se enamoró de Hipólito, y eso que no estaba bien arreglado:
Adonis, hecho para los bosques, era el amor de una diosa.
Agraden ellos por su limpieza, broncéense sus cuerpos en el Campo
de Marte, esté la toga bien ajustada y sin tacha alguna.
Que la lengüeta no esté rígida, las tachuelas carezcan de moho
y tu pie no nade suelto en un cuero holgado,
ni un mal corte estropee tus recios cabellos:
esté el cabello, esté la barba cortada por mano experimentada;
que no sobresalgan las uñas y no estén sucias,
y en los agujeros de la nariz no asome pelo alguno;
que no sea desagradable el aliento de tu maloliente boca,
ni ofenda a las narices el macho y padre de la grey.
Lo demás deja que lo hagan las lascivas muchachas
y algún hombre dudoso que busque tener a otro hombre.

Leyenda de Baco y Ariadna

Mira, Líber reclama a su poeta: también éste ayuda
a los enamorados y aviva la llama, en la que él mismo se calienta.
La cretense vagaba fuera de sí por playas desconocidas,
por donde la estrecha Día es azotada por las aguas del mar.
Y como estaba salida del sueño, cubierta por una túnica sin ceñir,
con los pies desnudos y sin recoger sus cabellos de azafrán,
al cruel Teseo gritaba en dirección de las olas,
regando sus tiernas mejillas de lágrimas que no merecía.
gritaba y lloraba a la vez, pero lo uno y lo otro le sentaba bien:
no se volvió ella más fea con sus lágrimas.
Y ya de nuevo, golpeando su blando pecho con las manos,
decía: «¡El pérfido aquel se ha marchado! ¿Qué me sucederá a mí?

¿Qué me sucederá a mí?», decía: sonaron címbalos por toda
la playa y tambores golpeados por manos frenéticas.
Se desvaneció ella de miedo e interrumpió sus últimas palabras:
ninguna sangre había en su cuerpo desmayado.
Y he aquí a las Bacantes con el cabello esparcido sobre sus espaldas,
he aquí a los ágiles Sátiros, cortejo que precede al dios,
y he aquí que el viejo Sileno borracho apenas se sostiene
sobre un encorvado asno agarrándose a sus crines con maña.
Mientras sigue a las Bacanales y las Bacanales le huyen
y le acosan, mientras el torpe jinete fustiga con una vara al cuadrúpedo,
se resbaló del asno orejudo y se cayó de cabeza:
los Sátiros gritaron: «¡Levántate, vamos, levántate, padre!».
Y ya el dios en el carro, que había cubierto hasta arriba de uvas,
aflojaba las riendas de oro a la yunta de tigres.
El color, Teseo y la voz abandonaron a la doncella,
y tres veces buscó la huida y tres veces de detuvo de miedo.
Quedó horrorizada, como las estériles espigas que el viento remece,
como la caña ligera que se estremece en la húmeda marisma.
A ella el dios le dice: «Mira, estoy aquí junto a ti como amante más fiel:
¡no tengas miedo, serás, cretense, la esposa de Baco!
Ten como regalo el cielo, en el cielo serás contemplada como estrella:
muchas veces la Corona de Creta dirigirá a las naves en peligro».
Habló y, para que ella no se asustara de los tigres, saltó
del carro —cedió la arena al poner el pie—
y entrelazada en su regazo —pues no podía resistirse—
se la llevó: para un dios es fácil poderlo todo.
Unos cantan «¡Himeneo!», otros gritan «¡Evión, Evoé!»:
así se unen la novia y el dios en sagrado lecho.

Los banquetes y el vino

Así pues, cuando acaso te sirvan los dones de Baco
y una mujer esté en el lado del lecho que compartís,

suplica al padre Nictelio y a sus ritos nocturnos
que no hagan que el vino se te suba a la cabeza.
Aquí se pueden decir, ocultas en lenguaje secreto,
muchas cosas que ella comprenda que se dirigen a ella,
y puedes escribir ligeros requiebros en tenues trazos de vino,
de manera que ella lea en la mesa que es tu dueña,
y puedes mirar a sus ojos con ojos que delatan fuego:
muchas veces un rostro callado revela voz y palabras.
Procura coger el primero su copa tocada por sus labios
y bebe por la parte por donde beberá tu amada,
y cualquier bocado que ella haya degustado con sus dedos,
tú cógelo y, mientras lo coges, tócale la mano.
Sean también tus deseos agradar al amante de tu amada:
os será de mayor utilidad de amigo.
A éste, si bebes por sorteo, concédele el primer lugar
y a éste dese la corona destinada a tu cabeza.
Ya esté por debajo o por igual, tome todo antes,
y no dudes hablar con él de asuntos positivos.
[Seguro y concurrido es el camino de engañar en nombre del amigo:
aunque sea un camino seguro y concurrido, tiene delito.
Por eso, un administrador administra también demasiadas cosas
y piensa que debe encargarse de más de lo que le encargan].
Te daré la medida exacta de lo que hay que beber:
que mente y pies cumplan sus funciones.
Ten cuidado especialmente de las broncas provocadas por el vino
y de las manos demasiado fáciles para crueles batallas.
Murió Euritión tontamente bebiendo el vino que le dieron:
la mesa y el vino son más apropiados para el dulce juego.
Si tienes voz, canta; si brazos ágiles, baila,
y agrada con cualquier destreza que puedas agradar.
Así como la embriaguez verdadera perjudica, la fingida te ayudará:
logra que tu lengua ingeniosa tartamudee entre sonidos balbucientes,
de manera que lo que hagas o lo que digas con más libertad de lo que debes,
se crea que el motivo ha sido el exceso de vino.

Brinda diciendo «¡Bien por tu dueña! ¡Bien por quien duerma con ella!».
pero suplica en tu mente callada «¡que le parta un rayo a su amante!».
Mas, cuando se retiren las mesas y se marchen los invitados,
el mismo bullicio te dará la posibilidad de acercarte.
¡Métete en el bullicio y, arrimándote ligeramente mientras sale,
dale un pellizco en el costado y toca su pie con tu pie!

Primeras conversaciones con la amada

Ya se presenta la ocasión de hablarle: ¡huye lejos de aquí,
rústico Pudor! A los audaces Fortuna y Venus ayudan.
Que tu elocuencia no esté sujeta a mis normas de poeta:
procura desearlo solamente y espontáneamente serás elocuente.
Tienes que representar al amante y simular heridas con palabras:
esa credibilidad búscatela con todas las artes a tu alcance.
Y no cuesta trabajo que te crean, a todas les parece que se les debe amar:
por horrible que sea, a todas les agrada su figura.
Muchas veces, sin embargo, el que fingía empezó a enamorarse de verdad,
muchas veces acabó por ser lo que al comienzo había fingido ser.
¡Razón de más para que seáis, mujeres, condescendientes con los fingidores!
Será verdadero el amor que hace poco era falso.
Sea ahora el momento de ganar su corazón furtivamente con requiebros,
igual que una ribera saliente se socava con el agua clara.
No te pese alabar su cara, sus cabellos,
sus dedos redondeados y su pie pequeño.
Gustan también a las castas pregones de su belleza:
las doncellas se preocupan y les agrada la belleza.
Pues ¿por qué Juno y Palas todavía ahora sienten
vergüenza del juicio celebrado en los bosques de Frigia?

El ave de Juno exhibe sus plumas si las alabas:
si las miras callado, ella esconde sus galas.
A los caballos en las competiciones de veloces carreras
agradan el peinado de las crines y las palmadas en el cuello.

Promesas y engaños

Y no seas tímido prometiendo: las promesas atraen a las muchachas:
¡a lo prometido añade de testigos a los dioses que quieras!
Júpiter desde el cielo sonríe ante los perjurios de los amantes
y manda a los Notos de Éolo que se los lleven sin castigo.
Por la Estige solía Júpiter jurar en falso a Juno:
ahora él mismo favorece al que sigue su ejemplo.
Conviene que haya dioses y, como conviene, pensemos que existen:
que el incienso y el vino se ofrezcan sobre los antiguos altares.
A ellos no les afecta un descanso tranquilo y parecido al sueño:
¡vivid inocentemente, la divinidad está presente!
¡Devolved los préstamos, cumpla la piedad sus compromisos,
lejos quede el engaño, tened las manos limpias de crimen!
¡Si sois sabios, engañad impunemente sólo a las mujeres!
sólo en este caso la lealtad se ha de defender menos que el engaño.
Engañad a las que engañan: en su mayor parte es una raza
siniestra: ¡que caigan en los lazos que tendieron!
Cuentan que Egipto carecía de lluvias que beneficiaran
los campos y que hubo sequía durante nueve años,
cuando Frasio se presentó a Busiris y le mostró que se podía
aplacar a Júpiter con el derramamiento de la sangre de un extranjero.
Busiris le contestó: «Serás la primera víctima de Júpiter
y tú serás el extranjero que dé agua a Egipto».
También Fálaris tostó en un toro los miembros del violento Perilo:
el desgraciado inventor estrenó su desgraciada obra.
Uno y otro fueron justos, pues no existe ninguna ley más justa
que hacer perecer a los inventores de muerte con sus mismas artes.
Así pues, que la mujer herida por su propio ejemplo se duela
de que los perjurios engañen con razón a las perjuras.

Lágrimas y besos

También son beneficiosas las lágrimas, con lágrimas conmoverás
[al acero:
procura, si puedes, que ella vea tus mejillas humedecidas.
Si te faltan las lágrimas —pues no salen siempre a tiempo—,
¡tócate los ojos con la mano mojada!
¿Qué sabio no va a mezclar los besos con palabras de requiebro?
Aunque ella no los dé, los que no te dé, ¡tómalos tú sin embargo!
Se resistirá al principio y quizás te llame «¡sinvergüenza!»:
resistiéndose, sin embargo, querrá ser vencida.
Procura solamente que los besos mal robados no dañen
sus delicados labios ni pueda quejarse de que han sido rudos.
Quien ha conseguido besos, si no consigue también lo demás,
será digno de perder incluso los que se le han dado.
¡Qué poco faltó después de los besos para alcanzar tus deseos!
¡Ay de mí, aquello fue torpeza, no timidez!
Aunque apeles a la violencia, agradable es esa violencia a las
[mujeres:
lo que les gusta, muchas veces quieren darlo de mala gana.
La que fue violada por un repentino asalto de Venus,
se alegra y tal osadía la considera un regalo.
Pero la que, aun pudiendo ser forzada, se retiró sin ser tocada,
aunque su rostro aparente alegría, estará triste.
Febe sufrió una violación, violación sufrió su hermana:
los dos violadores incluso cayeron en gracia a las violadas.

Leyenda de Aquiles y Deidamía

Hay una leyenda sin duda conocida, pero que merece relatarse:
la joven de Esciros unida al héroe de Hemonia.
Ya había entregado el premio funesto a su celebrada belleza
la diosa que mereció vencer a las dos al pie del monte Ida;
ya la nuera había llegado desde tierras lejanas a la casa de Príamo
y griega era la esposa que se encontraba dentro de las murallas
[de Ilión.

Juraban todos alianza con el marido ofendido,
pues el dolor de uno se convirtió en una cuestión de Estado.
¡De vergüenza, si esto no lo hubiera achacado a las súplicas de
[su madre:
Aquiles había ocultado su condición de varón con un vestido
[largo!
¿Qué haces, Eácida? No es tu oficio la lana:
busca tú la gloria con las otras artes de Palas.
¿Qué tienes tu que ver con canastillas? Tu mano es buena para
[llevar el escudo;
¿A qué sostienes madejas en la mano que matará a Héctor?
¡Rechaza los husos enrollados con trabajoso estambre!
¡Esa mano ha de blandir la lanza del Pelión!
Casualmente una doncella real se encontraba en el mismo lecho:
ésta fue la que descubrió por la violación que él era un hombre.
Desde luego ella fue vencida por la fuerza —así hay que
[creerlo—,
pero quiso ella pese a todo ser vencida por la fuerza.
Muchas veces le dijo «¡quédate!», cuando Aquiles ya tenía prisa:
había tomado, en efecto, las valientes armas y dejado la rueca.
¿Dónde está ahora aquella violencia? ¿Por qué detienes,
[Deidamía,
con palabras cariñosas al autor de tu violación?

La iniciativa es del varón

Y es claro que, como existe pudor por empezar la primera ciertas
[cosas,
así es agradable permitir que el otro las inicie.
¡Ay, demasiada confianza debe tener un joven en su propia
belleza
como para esperar que ella lo solicite antes!
Acérquese antes el hombre, pronuncie el hombre las palabras de
[petición:
ella acogerá afablemente sus cariñosas súplicas.

Para apoderarte de ella, ruega: ella sólo desea que le rueguen;
hazle ver la razón y el origen de tus deseos.
Júpiter iba suplicante al lado de las antiguas heroínas:
ninguna mujer sedujo al gran Júpiter.
No obstante, si percibes que tus súplicas provocan desdenes
orgullosos, ¡ten cuidado y da marcha atrás en tu intento!
Muchas desean lo que se les escapa y odian lo que les atosiga:
evita que se harte de ti atosigando delicadamente.
Y no siempre el pretendiente ha de confesar que su objetivo es
Venus: entre el amor oculto bajo el nombre de amistad.
Con este acercamiento he visto que se ha engañado a mujeres
[estrechas:
quien había sido admirador, se había convertido en amante.

La palidez del enamorado

El color blanco es deshonroso en el marinero: por el agua
del mar y los rayos del sol debe ser moreno;
deshonroso también es para el campesino, quien a cielo abierto
remueve siempre la tierra con el curvo arado y el pesado
[rastrillo;
y si tú, que buscas la gloria de la corona de Palas,
tuvieras un cuerpo blanco, serías deshonroso.
¡Estén pálidos todos los enamorados! ¡Éste es el color apropiado
[para el enamorado,
esto les sienta bien, con un rostro así crean que no están bien de
[salud!
Orión vagaba pálido por Side en los bosques,
pálido estaba Dafnis por la esquiva Náyade.
Denuncie también la delgadez tus sentimientos y no consideres
deshonroso ponerte una capucha sobre tus brillantes cabellos.
Las noches en vela enflaquecen el cuerpo de los jóvenes
y las cuitas y el dolor que se produce en un gran amor.
Para que te apoderes de tu deseo, sé digno de lástima,
de manera que quien te vea pueda decir «¡estás enamorado!».

Cuidado con los amigos

¿Me lamento o te aviso de que todo lo lícito e ilícito andan [mezclados?
La amistad es un nombre, la lealtad es un nombre vacío.
¡Ay de mí! No es seguro alabar lo que amas delante de un amigo:
en cuanto corrobora tus alabanzas, él mismo va a suplantarte.
«Pero el nieto de Actor no mancilló el lecho de Aquiles,
y en cuanto a Pirítoo, Fedra fue decente.
Pílades amaba a Hermíone como Febo a Palas,
y como el gemelo Cástor era para ti, hija de Tindáreo».
Si alguien espera lo mismo, ¡que espere que el tamarindo
produzca frutos y busque miel en medio del río!
Sólo agrada lo deshonesto y a cada cual preocupa su propio placer:
éste también agrada cuando viene del dolor ajeno.
¡Qué horror! El enamorado no tiene que temer al enemigo:
huye de los que tienes por leales: estarás seguro.
Ten cuidado con los parientes, con tu hermano y con tu querido [amigo:
este grupo te traerá fundados temores.

Mil caracteres y mil adaptaciones

Tendría que terminar, pero los corazones de las mujeres
son diferentes: ¡aplica mil maneras a mil formas de sentir!
Una misma tierra no produce todo: Ésta se adapta a las vides,
aquella a los olivos, la otra verdea bien con el trigo.
Tantas formas de ser hay en los corazones como facciones en la [cara:
quien es sabio, se adaptará a los infinitas formas de ser,
y, como Proteo, unas veces se diluirá en ligera agua,
otras veces será león, otras árbol, otras cerdoso jabalí.
Unos peces se pescan con harpones, otros con anzuelos
y a otros los arrastran hondas redes de cabos tensos.
Y no te convendrá una misma táctica para todas las edades:
desde muy lejos verá las trampas la vieja cierva.

Si le pareces docto a la ignorante y petulante a la pudorosa,
desconfiará en seguida ella de su situación desgraciada.
De ahí sucede que la que tuvo reparos en entregarse a un amante
honorable, se arroje vil en los brazos de un inferior.

Epílogo

Queda una parte del trabajo emprendido, otra está terminada:
aquí retenga el ancla echada a nuestra nave.

LIBRO SEGUNDO

Proemio: Himno triunfal

¡Entonad «oh Peán» y entonad dos veces «oh Peán!»:
ha caído en mis redes la presa perseguida.
El amante alegre corone de verde palma mis versos,
preferidos a los de los ancianos de Ascra y de Meonia.
Así el huésped hijo de Príamo desde la armífera Amiclas
desplegó blancas velas con la esposa raptada;
así estaba quien te llevaba en el carro vencedor,
Hipodamía, llevada sobre ruedas extranjeras.
¿A qué te apresuras, joven? Tu barco navega en medio de
las olas y lejos queda el puerto a donde me dirijo.
No basta que gracias a mi poesía la joven haya llegado a ti:
por mi arte fue cautivada, por mi arte ha de ser retenida.
Y no es de menor valor defender lo conseguido que lograrlo:
en esto hay casualidad, aquello será obra del arte.
¡Ahora más que nunca ayudadme, niño y Citerea,
ahora Érato! Que tú tienes el nombre del Amor.
Preparo grandes asuntos: revelar con qué artes se puede retener
al Amor, ese joven que vaga por tan ancho mundo.
Es ligero y tiene dos alas para poder volar:
difícil es imponer límites a ellas.

Minos había construido todo contra la huida de su huésped:
encontró él con sus alas un camino temerario.
Dédalo, cuando encerró a lo concebido por el crimen de una madre,
hombre medio toro y toro medio hombre,
dijo: «¡Haya un final para mi destierro, justísimo Minos,
reciba mis cenizas la tierra de mis padres,
y, puesto que maltratado por un destino injusto no he podido
vivir en mi patria, concédeme la posibilidad de morir!
¡Permite el regreso de mi hijo, si el favor a un anciano no vale nada:
si no quieres perdonar al hijo, perdona al anciano!».
Esto dijo, y podía decir esto y mucho más:
aquél no concedía al héroe el regreso.
Y tan pronto se dio cuenta, dijo: «Ahora, ahora, Dédalo,
tienes la oportunidad para demostrar tu talento.
Minos posee las tierras y también posee los mares:
ni la tierra ni el agua se abren para nuestra huida.
Queda el camino del cielo, tantearemos ir por el cielo:
¡concede la venia, Júpiter de las alturas, a mi proyecto!
No pretendo yo tocar las mansiones siderales:
no hay otro camino sino ése, por donde escapar de mi soberano.
Dese un camino por la Estige, nadaremos por las aguas estigias:
debo yo inventar nuevas leyes para mi propia naturaleza».
Muchas veces las desgracias aguzan el ingenio: ¿quién hubiera [creído
jamás que el hombre pudiera abrirse camino por los aires?
Dispone ordenadamente las plumas, remos de las aves,
y cose con hilos de lino esta máquina ligera,
y se fija la base con cera derretida al fuego
y así quedó terminado el trabajo de una técnica nueva.
El joven manoseaba sonriendo la cera y las plumas:
¡ignorante, estas armas se han preparado para sus hombros!
Su padre le dice: «Con estas naves hemos de dirigirnos a nuestra
patria, con esta obra hemos de escapar de Minos.
Con el aire no pudo Minos, todo lo demás lo cerró:
rasga el aire, por donde se te permite, con mi invento.

Pero no debes mirar a la doncella de Tegea ni al compañero
del Boyero, Orión, el portador de una espada.
Sígueme con las plumas que te he dado, yo abriré el camino:
sea tu preocupación seguirme, con mi guía estarás seguro.
Pues, si vamos a través de las brisas del cielo cerca del sol,
la cera no podrá soportar el calor;
si lanzamos las alas hacia abajo con el mar más cercano,
las plumas se mojarán al moverse con las aguas del mar.
¡Vuela entre el sol y el mar! ¡Teme también, hijo mío, los vientos,
y por donde te lleven las brisas, haz que sigan por allí tus velas!».
Mientras le aconsejaba, ajusta la máquina a su hijo y le enseña a [moverse,
como una madre instruye a sus débiles polluelos.
Luego acomoda a sus hombros las alas que se ha hecho para él
y equilibra tímidamente su cuerpo por camino desconocido,
Y a punto ya de volar besó a su pequeño hijo
sin que sus mejillas de padre pudieran contener las lágrimas.
Había una colina más baja que una montaña, pero más alta que la [llanura:
desde allí lanzaron sus dos cuerpos a una huida desgraciada.
Dédalo mueve sus propias alas, mira de reojo las de su hijo
y mantiene fijo el rumbo de los dos.
Y ya Ícaro se deleita con el camino desconocido y sin temor
vuela con más brío y atrevida técnica.
Alguien, mientras cogía peces con trémula caña,
los vio y su diestra dejó la faena que empezara.
Ya Samos quedaba a la izquierda —habían dejado atrás a Naxos,
Paros y Delos, amada por el dios de Claros—,
y a la derecha quedaba Lebintos y Calimne, umbrosa por sus [bosques,
y Astipalea, rodeada de escollos abundantes en peces,
cuando el joven, demasiado atrevido por la inconciencia de sus [años,
emprendió una ruta más elevada abandonando a su guía.
Las ataduras se aflojan y la cera se derrite con el dios más cerca,
y el movimiento de sus brazos no retienen los vientos ligeros.
Aterrado miró desde lo más alto del cielo a las aguas del mar:
una noche surgida de su miedo pavoroso cayó sobre sus ojos.

Se había fundido la cera: agita él sus brazos desnudos
y se tambalea sin que encuentre con qué sostenerse.
Cayó y, mientras caía, decía: «padre, padre, me arrastran»:
verdes aguas cerraron su boca mientras hablaba.
Y el desgraciado padre, que ya no era padre, grita: «¡Ícaro!»,
«¡Ícaro!», grita, «¿dónde estás? ¿bajo qué cielos vuelas?».
«¡Ícaro!», gritaba, cuando vio las plumas entre las olas:
la tierra cubre sus huesos, el mar lleva su nombre.
¡No pudo Minos controlar las alas de un hombre
y yo pretendo detener a un dios volador!

RECHAZO DE LA MAGIA

Se equivoca quien recurre a las artes de Hemonia
y ofrece lo que arranca de la frente de un tierno caballo.
No harán que viva el amor las hierbas de Medea
ni los conjuros marsos mezclados con mágicos ensalmos.
Medea hubiera retenido a Jasón, Circe a Ulises,
si el amor se pudiera conservar sólo con encantamientos.
De nada ha servido dar a las jóvenes filtros para enamorarse:
los filtros afectan a la mente y tienen poder para hacer enloquecer.

BELLEZA Y ELOCUENCIA

¡Quede lejos todo lo ilícito! Para que te amen, tienes que dar amor:
esto no te lo dará tu rostro y sólo tu belleza.
Aunque sea como Nireo, muy amado por el antiguo Homero,
o el tierno Hilas, raptado por traición de las Náyades,
para retener a tu dueña y no sorprenderte de que te abandone,
añade el regalo del talento a las prendas de tu cuerpo.
La belleza es un bien frágil y, a medida que avanzan los años,
disminuye y es devorada ella misma por su propia carrera.
Ni las violetas ni los lirios están siempre abiertos en flor,
y marchita la rosa, la espina queda punzante;
y ya te llegarán, hermoso, los canos cabellos,
ya te llegarán las arrugas, que surquen tu cuerpo.

Moldéate ya un carácter que perdure y añádelo a tu belleza:
sólo aquél permanece hasta la pira final.
No sea insignificante tu empeño en cultivar el espíritu con las artes liberales y aprender las dos lenguas.

Leyenda de Ulises y Calipso

No era hermoso, pero era elocuente Ulises,
y sin embargo atormentó de amor a las diosas del mar.
¡Ay, cuántas veces Calipso se quejó de sus prisas
y le dijo que las aguas no eran propicias para navegar!
Ésta le preguntaba una y otra vez sobre la caída de Troya:
aquél solía contarle muchas veces lo mismo de diferente manera.
Se habían detenido en el litoral: allí también la bella Calipso
indaga el destino cruento del caudillo odrisio.
Aquél con una fina vara —pues casualmente tenía una vara—,
sobre lo que le pregunta, traza un dibujo en la espesa arena.
«Ésta», dice, «es Troya» —trazó los muros en la arena—,
«éste sea para ti el Símois, imagina que éste es mi campamento.
Había una llanura» —y traza una llanura—, «que salpicamos con [la sangre
de Dolón, mientras de noche acecha los caballos hemonios.
Allí estaban las tiendas del sitonio Reso,
por aquí regresé yo de noche con los caballos robados [...]».
Y estaba pintando más sucesos cuando una repentina ola
se llevó a Pérgamo y el campamento de Reso con su caudillo.
Entonces la diosa dice: «¿ves cuántos nombres han borrado
las olas que tú crees fiables para tu viaje?».
¡Ea pues, confía temerosamente en la engañosa belleza,
seas quien seas, o ten algo más que físico!

Indulgencia y comprensión

Una hábil comprensión cautiva sobre todo los corazones,
la aspereza provoca odio y crueles guerras.
Odiamos al gavilán, porque vive siempre en armas,

y al lobo que acostumbra atacar al ganado temeroso;
pero no sufre los ataques de los hombres la golondrina por
[inofensiva
y el ave de Caón tiene torres donde puede habitar.
¡Manteneos lejos, pleitos y batallas de lenguas amargas!
Al tierno amor se ha de alimentar con dulces palabras.
Con pleitos huyan las casadas de los maridos y los maridos de las
[casadas
y crean a su vez que siempre los casos se resuelven a su favor;
esto cuadra a las esposas, dote de las esposas son los pleitos:
tu amante siempre oiga sonidos deseados.
No por mandato de la ley llegasteis a un solo lecho:
en vosotros Amor desempeña el papel de la ley.
Dale tiernos cariños y dile palabras que agradan al oído,
para que ella esté contenta a tu llegada.
No vengo yo como preceptor del Amor para ricos:
no necesita de mi arte el que está dispuesto a dar.
Tiene talento en sí mismo quien, cuando le place, dice «toma»;
le cedo el sitio: aquel agrada más que mis inventos.
De pobres soy yo poeta, porque pobre me he enamorado:
al no poder dar regalos, daba mis palabras.
Con prudencia ame el pobre, tema el pobre maldecir
y soporte muchas cosas que los ricos no soportarían.
Recuerdo que enojado había despeinado a mi dueña:
¡cuántos días me robó este enojo!
Ni lo creo ni me di cuenta de haberle rasgado la túnica, pero ella
lo dijo y ella consiguió una con mi dinero.
¡Vosotros, en cambio, si sois listos, evitad los errores de vuestro
maestro y temed los perjuicios de mi falta!
Las guerras con los partos: con vuestra culta amante haya paz,
diversión y todo lo que sea una excusa para el amor.

SERVICIALIDAD

Si no es bastante cariñosa ni amable contigo, su amante,
aguanta y sé fuerte: pronto será amable.

Se doblega cediendo la rama curvada de un árbol:
si aplicas tu fuerza, la rompes;
cediendo se salvan a nado las aguas y no puedes vencer los ríos,
si nadas contra la corriente que te arrastra;
cediendo se doman los tigres y los leones de Numidia:
poco a poco el toro se somete al rústico arado.
¿Qué hubo más huraña que Atalanta de Nonacria?
Sin embargo, ella, arisca, sucumbió ante los merecimientos de un [hombre.
Cuentan que Milanión muchas veces había llorado bajo los árboles
su propia suerte y las acciones nada suaves de la joven;
muchas veces llevó sobre su cuello obediente redes engañosas,
muchas veces atravesó a torvos jabalíes con lanza valiente.
Sintió también herido el arco tirante de Hileo,
aunque más que éste otro arco conocía.
No te ordeno subir armado a los bosques del Ménalo
ni soportar las redes sobre tu cuello
ni te ordeno presentar tu pecho al disparo de las flechas:
suaves serán las órdenes de mi arte precavido.

ESCLAVITUD DE AMOR

Cede si se resiste, cediendo saldrás vencedor:
procura simplemente representar los papeles que ella te ordene.
Que no está de acuerdo, tú tampoco; que ella aprueba cualquier [cosa,
tú también; di lo que ella diga y niega lo que ella niegue.
Que ríe: ríe tú; si llora, llora tú, recuérdalo:
¡imponga ella las leyes a tu rostro!
Si juega y lanza con su mano los dados de marfil,
tú tira a perder, tú busca una mala tirada;
si tiras las tabas, para que no se penalice a la vencida,
procura que a menudo te salgan los perros ruinosos;
Si avanza la ficha con la apariencia de un robo,
procura que tu soldado muera a manos del enemigo de cristal.

Sostén tú mismo la sombrilla desplegada sobre sus propias varillas,
hazle tú mismo sitio entre la gente por donde viene ella.
No dudes en acercar el escabel a su elegante lecho
y quita o pon las sandalias a su delicado pie.
Muchas veces también a tu dueña helada, aunque tú estés
incluso tiritando, tendrás que calentarle las manos en tu pecho.
¡Y no te dé vergüenza —aunque te dé vergüenza, te agradará—
sostener el espejo en una mano de hombre libre!
El que se ganó el cielo que él mismo antes sostuvo
después de cansar a su madrastra de enviarle monstruos,
se cree que había sostenido un canastillo entre las mujeres
jonias y que había trabajado la lana sin cardar.
El héroe de Tirinto obedeció el imperio de su dueña:
¡vete tú ahora a dudar si soportas lo que él soportó!
Si se te ordena estar en el foro, procura llegar siempre
mucho antes de la hora indicada y no te vayas hasta tarde.
Que te dice que te presentes en algún sitio: deja todo para después,
acude corriendo y que la gente no te retrase el camino emprendido.
De noche se dirigirá a casa a la vuelta de disfrutar de un banquete:
también entonces, si ella llama, ve tú en lugar del esclavo.
Estará en el campo y dirá «ven»; Amor odia a los vagos:
si te falta el carro, emprende el camino a pie.
Ni el mal tiempo y la sedienta Canícula te retrase
ni el camino blanqueado por la nieve caída.

El amor es una milicia

El amor es una forma de milicia: ¡alejaos, cobardes!
No han de defender estas enseñas tímidos varones.
La noche, el invierno, largas caminatas, crueles dolores
y todo tipo de sufrimientos se presentan en este delicado
[campamento.
Muchas veces soportarás la lluvia desatada de nubes celestes
y muerto de frío dormirás muchas veces en la tierra desnuda.
Se dice que el Cintio había apacentado las vacas
de Admeto de Feras y había estado escondido en una pequeña
[cabaña.

Lo que estuvo bien para Febo, ¿para quién no lo está? ¡Quítate el [orgullo,
quienquiera que pretendas conservar el amor!
Si se te negara ir por un camino seguro y llano
y se atranca la puerta con el cerrojo echado,
tú, con todo, deslízate de cabeza por el hueco del tejado:
que una elevada ventana te ofrezca también una entrada furtiva.
Se pondrá contenta y sabrá que ella es la razón de tus riesgos:
esto será para tu dueña prenda de un amor seguro.
Muchas veces habrías podido, Leandro, estar sin tu amada:
cruzabas a nado, para que ella conociera tu devoción.

Comportamiento con las esclavas

No te dé vergüenza ganarte a las esclavas, sobre todo
a las que ocupen el primer rango, ni te dé vergüenza ganarte a los [esclavos.
Saluda a todos por su nombre —no pierdes nada—,
estrecha sus manos humildes, pretendiente, a las tuyas.
E incluso al esclavo que te lo pida —el gasto es insignificante—,
acércale un pequeño regalo el día de Fortuna;
alárgaselo también a la esclava el día en que pagó su castigo
la tropa gala engañada con vestidos matrimoniales.
Pon de tu parte, créeme, a esta gente: cuenta siempre entre ella
al portero y al que está apostado ante la puerta del tálamo.

Regalos a la amada

No te ordeno que hagas a tu dueña regalos costosos:
sean pequeños, pero de los pequeños dale astuto los adecuados.
Mientras el campo es muy fértil, cuando las ramas se tambalean [por el peso,
un joven esclavo le lleve en un canastillo presentes del campo;
podrás decirle que se los envías desde tu campo de las afueras de [Roma,
incluso aunque se hayan comprado en la Vía Sagrada.

Que le lleve o uvas o las castañas, que a Amarilis
gustaban, pero que a ella ahora no le gustan.
Más aún, con el envío de una corona de tordos puedes
testimoniarle a tu dueña que te acuerdas de ella.
Con estos regalos se compra vergonzosamente la esperanza de que
[muera
un anciano sin hijos: ¡ay, malditos aquellos para quienes los
[regalos encierran un crimen!

La poesía como regalo

¿A qué aconsejarte que envíes también versos de amor?
¡ay de mí, la poesía no tiene mucho prestigio!
Se alaba a la poesía, pero se piden buenos regalos:
con tal de que sea rico, incluso un bárbaro gusta.
De oro es de verdad nuestro siglo: con oro llegan
los mayores honores, con oro se consigue el amor.
Aunque en persona vinieras, Homero, acompañado de las Musas,
si no traes nada, irás, Homero, a la calle.
Con todo, hay también jóvenes cultas, grupo rarísimo,
y hay otro grupo de no cultas, pero pretenden serlo.
Unas y otras sean alabadas con versos, versos que el lector
recomendará, sean como sean, con dulce son.
Así pues, un poema compuesto de noche para éstas o aquéllas
tal vez valdrá por un regalo de poco valor.

Aparenta que manda ella

Pero lo que has de hacer por tu cuenta y lo estimas útil,
procura que tu amiga eso siempre te lo pida.
Se ha prometido la libertad a alguno de los tuyos:
pues procura que ése la pida a tu dueña.
Si perdonas el castigo a un esclavo, si le libras de crueles cadenas,
lo que ibas a hacer, que ella te lo deba a ti.
Sea tuyo el provecho, regálale la gloria a tu amiga:
tú no pierdas nada, represente ella el papel de poderosa.

Alabanza de la amada

Pero tú, si te interesa conservar a tu amada,
procura que crea que estás embelesado por su belleza.
Si lleva vestido de Tiro, alabarás el vestido de Tiro;
si es de Cos, piensa que le sienta bien el de Cos.
Lleva un vestido bordado en oro: valga para ti ella más que el oro;
si lleva un vestido de lana, aprueba el vestido de lana que lleva.
Se presenta en camisa: «¡provocas un incendio!», grítale,
pero ruégale tímidamente que tenga cuidado con el frío.
Que el peinado es a raya: alaba la raya;
que a fuego se ha rizado el cabello: ¡pelos rizados, gustad!
Admira sus brazos cuando baile, su voz cuando cante,
y cuando acabe, lánzale palabras de protesta.
A la unión misma, a eso mismo que gusta rinde veneración,
y recrea con tu voz algún que otro goce en el sexo.
Aunque ella sea más violenta que la torva Medusa,
se volverá suave y dócil para su amante.
Únicamente, logra no mostrarte abiertamente hipócrita en tus
[palabras,
ni tu cara contradiga lo que has dicho.
Si el arte está oculto, es provechoso: si se descubre, trae vergüenza
y con razón acaba con la confianza para siempre.

Asistencia en la enfermedad

Muchas veces en otoño, cuando el año es más hermoso
y la uva enrojece cargada de vino purpúreo,
cuando unas veces el año se encoge de frío y otra se derrite de calor,
la languidez se apodera de los cuerpos por culpa del clima
[inestable.
¡Que disfrute ella sin duda de buena salud! Pero si está acostada
débil y siente enferma el malestar del tiempo,
entonces manifiesta a tu amada tu amor y devoción,
entonces siembra lo que pronto podrás segar a plena hoz.

Y que no te entre el fastidio de una enfermedad tediosa
y haz con tus propias manos lo que ella te deje,
y te vea llorar y no te canse darle besos
y beba tus lágrimas en su boca reseca.
Haz muchas promesas, pero todas en público, y, cuantas veces
quiera, ten sueños alegres para contárselos a ella.
Y que venga una vieja a purificar el lecho y la alcoba,
y lleve en su mano temblorosa azufre y huevos.
En todo esto hay indicios de una solicitud agradecida:
esta vía abrió a muchos el camino para una herencia.
Con todo, no te busques el odio de la enferma en tu dedicación:
exista su propio límite en la amorosa servicialidad.
Ni la apartes de la comida ni le acerques copas de amarga
medicina: ésa la prepare tu rival.

Trato continuo

Pero no has de usar del viento al que habías entregado las velas
desde el litoral, cuando alcances el mar abierto.
Mientras nuevo camina el amor, recoge fuerzas de la experiencia:
si lo alimentas bien, con el tiempo se hará fuerte.
Al toro que temes, de ternero solías acariciar:
el árbol bajo el que ahora te tumbas, fue un tallo.
Nace pequeño, pero toma fuerzas en su marcha,
y, por donde va, va recibiendo el río muchas aguas.
Procura que se acostumbre a ti: nada hay más fuerte que la
[costumbre:
para asegurártela, no escatimes incomodidad ninguna.
Que siempre te vea a ti, que siempre preste sus oídos a ti,
que la noche y el día le muestren tu cara.
Cuando tengas gran confianza en que te echará de menos,
cuando lejos ella en su ausencia haya de preocuparse por ti,
dale un descanso: el campo descansado devuelve con creces los
[créditos
y la tierra reseca absorbe las aguas del cielo.

Por Filis Demofonte junto a ella tibiamente se abrasaba:
se inflamó más profundamente cuando se hizo a la mar;
a Penélope atormentaba en su ausencia el astuto Ulises,
el Filácida ausente, Laodamía, era tuyo.
Pero la demora segura es la corta: con el tiempo decae el amor,
se desvanece el ausente y entra un nuevo amor.
Mientras Menealo está ausente, Helena, para no dormir sola,
fue acogida de noche en el tibio seno de su invitado.
¿Qué sorpresa, Menealo, fue ésta? ¿Tú te marchabas solo
y bajo el mismo techo estaban el invitado y tu esposa?
Al gavilán confías, loco, tímidas palomas,
el redil completo lo confías al lobo montaraz.
Ningún pecado comete Helena, en nada falta este adúltero:
lo que tú, lo que cualquiera haría, lo hace aquel.
Obligas al adulterio ofreciendo la ocasión y el lugar:
¿qué hizo la joven sino seguir tu propio consejo?
¿Qué iba a hacer? El marido está ausente y a su lado hay un invitado
nada paleto y ella teme acostarse sola en un lecho vacío.
Que vea el Atrida, yo absuelvo a Helena de toda culpa:
se aprovechó de la oportunidad de un marido comprensivo.

Los celos de la mujer

Pero ni el rojizo jabalí es tan fiero en medio de su furia,
cuando voltea a rabiosos canes con su fulmíneo hocico,
ni una leona, cuando ofrece sus ubres a sus cachorros lactantes,
ni una pequeña víbora herida por un pie distraído,
como es la mujer con la rival sorprendida en el lecho que ella [comparte:
arde de ira y en el rostro lleva las señales de sus sentimientos.
Se lanza al hierro y al fuego y sin decoro alguno se deja llevar,
como si hubiera sido golpeada por los cuernos del dios de Aonia.
La extranjera del Fasis vengó en sus propios hijos
la culpa de su esposo y las leyes matrimoniales violadas;
otra cruel madre es esta que ves, la golondrina:
mira, lleva su pecho marcado con sangre.

Esto rompe amores bien avenidos, esto amores firmes:
ésos son pecados que han de temer los hombres precavidos.
Y mi censura no os condena a una sola mujer:
¡Dios me libre! Eso apenas una recién casada puede conseguirlo.
Jugad al amor, pero que el delito se oculte con modesta discreción:
no hay que buscar alardes del propio pecado.
No des regalos que pueda conocer la otra
ni tus deslices se cometan a la misma hora
y, para que tu mujer no te sorprenda en tugurios conocidos,
no hay que reunirse con todas en el mismo lugar;
y, cuantas veces le escribas, revisa antes por completo
las tablillas: muchas leen más de lo que se les envía.
Venus herida mueve justas armas, devuelve el dardo
y de lo que antes ella se lamentaba hace que tú te lamentes.
Mientras el Atrida se contentó con una sola, también ella
fue casta: con la culpa de su marido se hizo malvada.
Había oído que con el laurel y las cintas en la mano
Crises no había conseguido nada para su hija;
había oído, Lirnesia raptada, tus sufrimientos
y que la guerra se había alargado por vergonzosas dilaciones.
Esto, con todo, lo había oído, pero a la hija de Príamo la había visto ella:
el vencedor era presa vergonzosa de su propia presa.
Por eso la hija de Tindáreo recibió en su corazón y en su tálamo
al hijo de Tiestes y se vengó cruelmente de un marido infiel.
De los escarceos que bien ocultas, si con todo algunos se descubren,
por más que se descubran, tú pese a ello niégalo continuamente.
Entonces no seas sumiso ni más cariñoso que de costumbre:
eso lleva la señal clara de un corazón culpable.
Pero no escatimes tu vigor: toda reconciliación se basa en esto sólo:
acostándote con ella has de negar la Venus anterior.

Afrodisíacos

Hay quienes prescriben tomar hierbas nocivas
como la ajedrea —a mi juicio es un veneno—

o mezclan pimienta con la semilla de la mordaz ortiga
y amarillo pelitre triturado sobre vino de solera.
Pero la diosa que habita el alto Érix al pie de una sombría colina
no permite que se fuercen así sus placeres.
Tómese la blanca cebolla que se envía desde la ciudad pelasga
de Alcátoo, la hierba salaz que llega de la huerta,
tómense huevos, miel del Himeto y los piñones
que produce el pino de hojas puntiagudas.

Cambio de rumbo

¿Por qué, culta Érato, te desvías hacia las artes de magia?
Mi carro debe tocar la meta por la calle de dentro.
Tú, que ha poco ocultabas tus delitos por consejo mío,
cambia de dirección y destapa tus engaños por consejo mío.
No se me ha de culpar de ligereza: no siempre con el mismo
viento transporta a los viajeros la curvada nave.
Unas veces, en efecto, corremos con el tracio Bóreas, otras con el [Euro,
muchas veces se hinchan las velas con el Céfiro, otras muchas [con el Noto.
Mira cómo en el carro unas veces el auriga deja flojas
las riendas y otras refrena con habilidad la carrera de los caballos.

Celos y reconciliación

Hay mujeres que corresponden ingratamente a una temerosa [condescendencia
y, si no se presenta rival alguna, languidece su amor.
Se ensoberbece el alma a menudo en la prosperidad,
y no es fácil sobrellevar la felicidad con mente ecuánime.
Como el fuego mortecino que pierde poco a poco las fuerzas
queda oculto y la ceniza encanece sobre la superficie de ese [fuego,

pero que, sin embargo, si se añade azufre, encuentra las llamas
extinguidas y regresa la lumbre que antes hubo,
así, cuando los corazones perezosos por la desidia y sin
[preocupaciones
se despreocupan, hay que espolear al amor con agudos aguijones.
Haz que tema por ti y recalienta su tibio corazón:
que palidezca ella ante pruebas de tu infidelidad.
¡Oh cuatro veces y cuantas veces no abarcan los números
feliz aquel por quien siente dolor una muchacha ofendida!
Ésta, tan pronto llega la infidelidad a sus oídos incrédulos,
se desmaya y se escapan de la desgraciada la voz y el color.
¡Sea yo aquel cuyos cabellos arranca furiosa!
¡Sea yo aquel cuyas tiernas mejillas con sus uñas ataque,
al que entre lágrimas vea, a quien contemple con torva mirada,
sin el que no podría vivir, pero quisiera poder!
Si preguntas por el tiempo durante el que se lamente la ofendida,
que sea breve, no sea que su ira tome fuerzas por la lenta tardanza.
Rodea ya su blanco cuello con tus brazos,
y sobre tu pecho ha de ser recibida llorando;
bésala mientras llora y mientras llora ofrécele los placeres de Venus:
habrá paz, que sólo de este modo se disipa la ira.
Cuando esté muy airada, cuando parezca una enemiga segura,
busca entonces el pacto de la cama: se volverá mansa.
Allí habita la Concordia con sus armas rendidas,
en aquel lugar, créeme, nació la Reconciliación.
Las palomas que ha poco luchaban, juntan sus picos
entre arrullos que expresan piropos y requiebros.

El origen del amor

Al principio había una masa confusa y desordenada de cosas
y un único aspecto mostraban las estrellas, la tierra y el mar.
Después el cielo se colocó sobre las tierras, la tierra quedó rodeada
por el mar y el Caos vacío se retiró a su propio lugar.
El bosque se pobló de fieras y el aire de pájaros:
en el agua cristalina, peces, os escondisteis.

Por entonces la raza humana vagaba por los campos solitarios
y era ella pura fuerza y rudo pecho.
El bosque era su casa, la hierba su comida, su lecho la hojarasca,
y durante mucho tiempo nadie conoció a sus semejantes.
El tierno Placer, cuentan, fue quien ablandó los corazones salvajes:
mujer y hombre se encontraron en un mismo lugar.
Qué tenían que hacer lo aprendieron ellos sin maestro alguno:
Venus sin técnica alguna completó la dulce faena.
El ave tiene qué amar, con quién una sus goces
lo encuentra el pez hembra en medio del agua;
la cierva sigue a su par, la serpiente por la serpiente es poseída,
unida en la cópula queda la perra pegada al perro;
alegre recibe el salto la oveja, con el toro también está alegre la [novilla:
sostiene la chata cabrilla al inmundo macho;
furiosas se agitan las yeguas y por lugares muy alejados
siguen a los caballos separados de ellas por un río.
Así pues, actúa y aplica enérgicas medicinas a la despechada:
sólo esas medicinas ofrecen descanso a su fiero dolor,
esas medicinas superan a los brebajes de Macaón:
con éstas, cuando seas infiel, recobrarás el favor de tu amada.

Consejos de Apolo: amar con sabiduría

Cantaba yo así, cuando de pronto se me apareció Apolo
tocando con el pulgar las cuerdas de su dorada lira.
En sus manos había laurel, de laurel revestía su sagrada
cabellera: él se presenta como vate para hacerse visible.
Entonces me dijo: «Preceptor del lascivo Amor,
venga, lleva a tus discípulos a mi templo,
donde hay una inscripción celebrada por la fama a lo largo
del mundo, que ordena a cada uno que se conozca a sí mismo.
Quien se conoce a sí mismo es el único que amará con sabiduría
y cumplirá todos sus objetivos según sus propias fuerzas.
A quien la naturaleza dio belleza, que la deje ver;

quien tenga buen color, que se recueste a menudo con el hombro [descubierto;
quien agrada por su conversación, que evite el silencio taciturno;
quien canta bien, que cante; quien bebe bien, que beba.
Pero que ni declamen los elocuentes en medio de la conversación
ni un poeta sin cordura recite sus versos».
Así aconsejó Febo: obedeced a Febo en sus consejos:
seguro cumplimiento hay en la sagrada boca de este dios.

SUFRIMIENTOS DE AMOR

Se me llama a asuntos más cercanos: quien ame con sabiduría
vencerá y conseguirá de nuestro Arte lo que busca.
No siempre los surcos devuelven con ganancia lo prestado
ni siempre ayuda el viento a las naves en peligro.
A los enamorados poco es lo que les agrada y más lo que les [perjudica:
cuenten en su ánimo que han de sufrir mucho.
Cuantas liebres en el Ato, cuantas abejas liban en el Hibla,
cuantas bayas produce el árbol verdoso de Palas,
cuantas conchas en la costa, tantas son las penas en el amor:
los dardos que sufrimos empapados están de mucha hiel.
Se te dirá que ella ha salido, aunque tú quizás la veas:
piensa que ha salido y que tú estás viendo visiones.
Se te ha cerrado la puerta en la noche prometida:
aguántate incluso con echar tu cuerpo en la sucia tierra.
Quizás también una esclava mentirosa con gesto altivo
te diga: «¿Qué hace ése estorbando en nuestra puerta?».
Ablanda suplicante la puerta y a la altiva esclava
y coloca en la puerta las rosas que quitaste de tu cabeza.
Cuando ella quiera, irás; cuando te esquive, te largarás:
no está bien que un caballero soporte ser un pesado.
«¿Por qué dar lugar a que tu amiga diga que no hay manera
de escaparme de éste?» La discreción no siempre perjudica.
No estimes deshonroso soportar insultos o golpes de tu amante
ni estampar besos en sus delicados pies.

Soporta al rival

¿A qué me detengo en pequeñeces? Mi ánimo me empuja a asuntos
más importantes; importantes asuntos voy a cantar: atiéndeme, [pueblo,
con todos los sentidos. Ardua tarea intentamos, pero no existe virtud
que no sea ardua: penoso es el trabajo que exige mi Arte.
Aguanta con paciencia al rival, la victoria estará contigo:
serás vencedor en la Ciudadela de Júpiter poderoso.
Piensa que esto te lo dice no un hombre, sino las encinas
pelasgas: nada más importante encontrarás en mi Arte.
Que ella le hace señas con la cabeza: aguántate; que le escribe: [no toques
las tablillas; que venga de donde quiera y que vaya a donde quiera.
Eso lo permiten los maridos a su legítima esposa,
cuando tú también, dulce Sueño, vienes a jugar tu papel.
En este arte, lo confieso, yo no soy perfecto;
¿qué le voy a hacer? Yo mismo me siento inferior a mis consejos.
¿En público voy yo a soportar que alguien haga señas a mi amada
y no me lleve la ira a donde quiera?
Su hombre, lo recuerdo, la había besado; me quejé de los besos
dados: mi amor está lleno de salidas de tono.
No sólo una vez me perjudicó esta falta: más sabio es
quien por su mediación vienen otros hombres a su amante.
Pero es mejor no saberlo: deja que los engaños queden ocultos,
para que la vergüenza de reconocerlos no huya de su rostro [hipócrita.
Razón de más, jóvenes, para no sorprender a vuestras amantes:
que sean infieles y piensen que os engañan en sus infidelidades.
Crece el amor en los amantes sorprendidos: cuando es pareja la [suerte
de los dos, uno y otro se reafirman en la razón de su daño.

Leyenda de Marte y Venus

Se cuenta una leyenda muy famosa en todo el cielo:
Marte y Venus sorprendidos por la trampa de Múlciber.

El padre Marte, trastornado por el loco amor hacia Venus,
de terrible caudillo se había convertido en amante.
Y Venus —pues no hay diosa más tierna— a los ruegos
de Gradivo no se mostró grosera ni huraña.
¡Ah, cuántas veces cuentan que se rió lasciva de las piernas
de su marido y de las manos encallecidas por su oficio de herrero!
Cuando en presencia de Marte imitaba a Vulcano, lo hacía bien
y a la belleza se unía una gracia infinita.
Pero al principio solían ocultar bien sus encuentros en la cama:
su pecado estaba lleno de pudor vergonzoso.
Por la denuncia del Sol —¿quién puede engañar al Sol?—
conoció Vulcano la conducta de su esposa.
¡Qué mal ejemplo, Sol, estás dando! Pídele a ella un favor:
si callas, tiene también para ti algo que darte.
Múlciber dispone unas redes ocultas alrededor y encima
del lecho: el montaje engaña a los ojos.
Finge un viaje a Lemnos, acuden los amantes a la cita:
envueltos en las redes yacen los dos desnudos.
Convoca aquél a los dioses; los sorprendidos dan el espectáculo:
dicen que Venus apenas pudo contener las lágrimas.
No pueden ocultar sus rostros, no pueden siquiera
poner la manos en las partes obscenas.
En esto uno dice riendo: «Pásame a mí, valeroso
Marte, esas cadenas, si son para ti una carga».
Apenas con tus súplicas, Neptuno, liberó los cuerpos
cautivos: Marte ocupa Tracia, aquella Pafos.
Esto es lo que has conseguido, Vulcano: lo que antes ocultaban,
lo hacen con entera libertad, y todo pudor ha desaparecido.
Muchas veces sin embargo reconoces, insensato, que obraste
locamente y dicen que de tu arte te arrepentiste.
Esto lo tenéis prohibido vosotros: la sorprendida Dione
prohíbe poner las trampas que ella sufrió.
No preparéis vosotros redes para el rival ni descifréis
vosotros palabras escritas por mano secreta.
Hagan cosas así, si es que piensan que deben hacerlo, los hombres
a los que el fuego y el agua convertirán en legítimos maridos.

He aquí que de nuevo lo declaro: aquí no se juega nada sino con lo [que
permite la ley: en mis juegos no interviene ninguna matrona.

Los misterios de Venus

¿Quién se atrevería a divulgar los ritos de Ceres a los profanos
o las solemnes ceremonias instauradas en Samotracia?
Pequeña virtud es guardar silencio sobre un asunto,
pero, en cambio, es un grave crimen decir lo que hay que callar.
¡Qué bien está que Tántalo por cotilla intente coger en vano
los frutos del árbol y arda de sed en medio del agua!
Es sobre todo Citerea quien ordena guardar silencio sobre su culto:
lo advierto, para que ningún charlatán asista a ellos.
Aunque los misterios de Venus no se esconden en cestos
ni cóncavos bronces resuenan con golpes frenéticos,
sin embargo se celebran entre nosotros de manera habitual,
pero de tal manera que quieren mantenerse ocultos entre nosotros.
La misma Venus, cada vez que se quita la ropa, se oculta
semiencorvada el pubis con la mano izquierda.
En la calle y en cualquier parte se ayunta el ganado: también
al ver esto sin duda las jóvenes desvían sus miradas.
A nuestros amores furtivos le van bien tálamos y una puerta,
y las partes pudendas se ocultan bajo la ropa,
y, si no tinieblas, buscamos al menos algo de penumbra
y algo menos expuesto que la luz del día.
Entonces también cuando todavía la teja no impedía el sol
y la sombra, sino que la encina ofrecía techo y alimento,
en el bosque y en las cuevas, no bajo el cielo abierto, les unía el [placer:
¡tanta preocupación por el pudor tenía el pueblo sencillo!
Ahora, en cambio, ponemos carteles a nuestros actos nocturnos
y nada se compra a alto precio si no se puede contar.
¿Es que vas a buscar a todas las jóvenes, dondequiera que estén,
para poder decir ante cualquiera «ésta también fue mía?».

¿Para que no falten las que puedas tú señalar con el dedo,
de manera que a la que toques se convierta en deshonrosa
[habladuría?
Me quejo de pequeñeces: algunos fingen lo que negarían
si fuera verdad y dicen haberse acostado con todas.
Si no pueden tocar los cuerpos, tocan los nombres que sí pueden,
y la fama carga con el crimen de un cuerpo no tocado.
¡Ve ahora, cierra las puertas, odioso guardián de la amada,
y atranca con cien cerrojos esas altivas jambas!
¿Qué seguridad queda, cuando aparece un adúltero de la honra
que quiere que se crea lo que no llegó a ser?
Nosotros publicamos escasamente incluso los amores verdaderos
y los secretos amores furtivos quedan protegidos con un firme
[compromiso.

Disimula los defectos de la amada

Evitad sobre todo echar en cara los defectos a la amada,
defectos que a muchos fue de utilidad disimularlos.
No le echó en cara a Andrómeda su color aquel
que tuvo en sus dos pies alas móviles;
a todos Andrómaca les parecía más grandona de lo normal:
sólo Héctor decía que era de tamaño moderado.
Acostúmbrate a lo que llevas mal, lo llevarás bien: la veteranía
dulcifica muchas faltas, pero el amor que comienza es sensible
[a todo.
Mientras una rama reciente brota en la verde corteza,
cualquier brisa que lo agite, como está tierna, caerá;
luego, endurecida por el tiempo, resistirá incluso a los vientos
y ya árbol sólido producirá frutos adoptivos.
El tiempo mismo quita todas las faltas del cuerpo,
y lo que fue defecto, deja de serlo con el tiempo.
El olfato no acostumbrado se niega a soportar la piel de los toros:
con el tiempo el olor engaña al olfato ya acostumbrado.
Con eufemismos se pueden suavizar los defectos: llámese morena
a la que su sangre es más negra que la pez de Iliria;

si es bizca, sea parecida a Venus; si canosa, a Minerva;
sea fina la que difícilmente está viva por su delgadez;
dile manejable a la que sea pequeña; llenita a la que sea gorda;
y ocúltese el defecto con una cualidad cercana.

Elogio de la mujer madura

No preguntes qué edad tiene ni bajo qué cónsul nació,
que eso es responsabilidad del censor severo,
sobre todo si no está en la flor de la vida, pasó su mejor tiempo
y ya se arranca ella el cabello blanquecino.
Provechosa, jóvenes, es esta edad y la más avanzada:
ese campo producirá mieses, ése hay que sembrarlo.
Mientras las fuerzas y los años lo permiten, soportad las fatigas:
ya llegará la encorvada vejez con paso quedo.
Surcad el mar con los remos o hendid la tierra con el arado
o poned vuestras belicosas manos sobre fieras armas
o poned al servicio de la amada fuerza, vigor y diligencia:
esto es también milicia, esto también exige recursos.
Añade que ellas tienen un mayor conocimiento de estos asuntos
y les asiste la experiencia, que es la única que hace maestros.
Ellas compensan el estrago de los años con su elegancia
y se preocupan de no parecer viejas,
y, como quieras, se unen a Venus en mil posturas:
en ninguna colección se encuentran más posiciones.
En ellas se siente el placer sin estimulaciones:
lo que gusta, por igual lo disfrutan hombre y mujer.
Odio la coyunda que no hacen correrse a los dos:
ésta es la razón de por qué me atrae menos el amor por un joven.
Odio a la que se ofrece porque esté obligada a ofrecerse
y seca está pensando ella sola en sus lanas.
El placer que se da por obligación no me resulta agradable:
ninguna mujer tiene que hacérmelo por obligación.
Me agrada oír las voces que expresan el placer que sienten
y que me pidan que vaya despacio y me retenga.

Vea yo los ojos vencidos de mi dueña fuera de sí:
que desfallezca y me impida ella que la toque por un tiempo.
No atribuyó la naturaleza a la primera juventud estos bienes,
que suelen venir pronto después de siete lustros.
Quienes tengan prisa, que beban mosto reciente: en mi honor una [botella
precintada bajo antiguos cónsules derrame su vino añejo.
El plátano, si no es tardío, no puede resistir a Febo
y los prados recién arados lastiman los pies desnudos.
¡Sin duda podrías poner delante de Helena a Hermíone
y Gorgona era mejor que su propia madre!
Con todo, quienquiera que desee a Venus madura,
con sólo que insistas, te llevarás una digna recompensa.

El placer de Venus

Mira, un lecho cómplice acoge a dos amantes:
detente, Musa, ante las puertas cerradas del tálamo.
Por sí solas, sin ti, hablarán palabras muy conocidas
y la mano izquierda no se quedará quieta en la cama.
Encontrarán qué hacer los dedos en aquellas partes,
donde Amor clava a escondidas sus flechas.
Hizo esto antes con Andrómaca el valeroso Héctor,
que no sólo era él experto en el combate;
lo hizo también con la prisionera Lirnesia el gran Aquiles,
cuando hastiado de enemigos oprimía el tierno lecho.
Permitías, Briseida, que te tocaran aquellas manos
que siempre estaban empapadas de sangre Frigia.
¿O fue eso mismo lo que, lasciva, te gustaba,
que manos vencedoras se acercaran a tus miembros?
Créeme, no hay que darse prisa en el placer de Venus,
sino que hay que atraerlo gradualmente en lenta tardanza.
Cuando encuentre los lugares que a la mujer gusta que le toquen,
que el pudor no te impida tocarlos.
Verás sus ojos brillar con tembloroso fulgor,
como riela el sol a menudo en el agua clara.

Seguirán quejidos, seguirá un cariñoso murmullo,
dulces gemidos y palabras apropiadas al juego amoroso.
Pero ni abandones tú a tu dueña desplegando velas
mayores ni ella se adelante a tu carrera;
corred juntos hasta la meta: entonces es completo el placer,
cuando hembra y varón caen rendidos al mismo tiempo.
Éste es el tenor que debes seguir, cuando dispones de tiempo
libre y el miedo no apremia a la furtiva faena;
cuando la tardanza no es segura, lo mejor es aplicarse por completo
a los remos y picar espuelas al caballo a todo galope.

EPÍLOGO

La obra se acerca a su final: ¡concededme la palma, juventud
[agradecida,
y traed guirnaldas de mirto para mi cabello perfumado!
Lo grande que fue Podalirio entre los Dánaos por su arte de curar,
el Eácida por su diestra y Néstor por su prudencia,
lo grande que era Calcante por las entrañas, el de Telamón por las
[armas,
Automedonte por el carro, tan grande soy yo como amante.
¡Celebradme como poeta, varones, dedicadme alabanzas!
¡Que mi nombre sea cantado en el mundo entero!
Armas os he dado, Vulcano se las había dado a Aquiles:
¡triunfad, como triunfó aquel, con los dones que os doy!
Con todo, cualquiera que supere a una Amazona con mi espada,
inscriba sobre sus despojos: NASÓN FUE MI MAESTRO.

ANUNCIO DEL LIBRO TERCERO

Mira, las tiernas muchachas me piden que les dé consejos:
¡vosotras seréis el próximo tema de mi libro!

LIBRO TERCERO

Propósito del libro

Armas di a los dánaos contra las amazonas: armas quedan
para darte también a ti y a tus escuadrones, Pentesilea.
¡Id a la guerra igualados: venzan aquellos a quienes favorezca
la nutricia Dione y el niño que vuela por el mundo entero!
No era justo que ellas desnudas se enfrentaran a ellos armados:
además sería una vergüenza para vosotros, varones, vencerlas así.
Alguien podría decirme: «¿Por qué añades veneno a las serpientes
y entregas el rebaño a una loba rabiosa?».
¡Cuidado con extender los delitos de unas pocas a todas!
Analícese a cada mujer según sus propios méritos.
Si el hijo menor de Atreo tiene a Helena para abrumarla
de acusaciones y el hijo mayor a la hermana de Helena,
si por el crimen de Erifile, la hija de Tálao, el hijo de Ecles
llegó vivo y en caballos vivos a la Estige,
ahí está la íntegra Penélope, mientras su marido andaba errante
durante dos lustros y sostenía guerras durante otros tantos lustros;
Mira al nieto de Fílaco y a la que, según se cuenta, acompañó
a su marido y murió antes de los años debidos;
La esposa de Págasa rescató de la muerte al hijo de Feres
y en el entierro del marido se trasladó a la esposa en lugar del [marido;
«¡acógeme, Capaneo: mezclaremos nuestras cenizas!»,
dijo la hija de Ifis y se arrojó en medio de la pira.

Incluso la misma Virtud es una mujer por su atuendo y por su
[nombre:
no es extraño que agrade ella a su propia gente.
Sin embargo, mi arte no se ocupa de estas formas de ser:
velas más pequeñas se avienen a mi barca.
Conmigo no se aprende nada más que amores lascivos:
enseñaré de qué manera la mujer ha de ganarse el amor.

La mujer y el amor: necesidad de consejos

La mujer no controla ni las llamas ni el cruel arco:
veo que estos dardos perjudican más raramente a los hombres.
Muchas veces engañan los hombres, no muchas veces las tiernas
[muchachas
y pocas, si indagas, son las responsables del delito de engaño.
A la de Fasis, ya madre, la despachó el traidor Jasón:
otra desposada llegó a los brazos del hijo de Esón.
¡En cuanto a ti, Teseo, fue pasto de las aves marinas
abandonada sola en un paraje desconocido!
Pregunta por qué un solo camino tiene el nombre de Nueve
[Caminos y
entérate de que los bosques, al caérsele las hojas, lloran a Filis.
Tiene incluso fama de piedad, pero siendo huésped tuyo
te ofreció, Elisa, no sólo la espada, sino también el motivo de tu
[muerte.
Qué os pierde, os lo diré: no sabéis amar:
os faltó el arte de amar: con el arte de amar el amor es para
[siempre.
Ahora tampoco sabrían, pero Citerea me ordenó enseñarles
y ella misma se detuvo antes mis ojos.
Entonces me dijo: «¿Por qué han merecido esto las pobres
[muchachas?
Se entrega gente inerme a hombres armados.
Dos libros hicieron a aquellos expertos,
éstas también tienen que ser instruidas por tus consejos.

El que antes había echado pestes de la esposa de Terapne,
  pronto cantó sus alabanzas con lira más afortunada.
Si te conozco bien, no ofendas a las muchachas refinadas:
  mientras vivas, habrás de pedir ese reconocimiento».
Así habló y del mirto —se detuvo, en efecto, con el cabello
  adornado de mirto— me dio una hoja y unos pocos granos.
Sentí, al aceptarlos, también su divinidad: brilló el cielo
  más claro y mi corazón quedó aliviado de toda su carga.
¡Mientras ella me conceda talento, pedidme consejos, muchachas,
  a quienes el pudor, las leyes y sus derechos consienten!

Tempvs fvgit

¡Acordaos ya desde ahora de la vejez que ha de llegar!
  Así ningún tiempo pasará para vosotras de vacío.
Mientras podéis y vivís todavía años primaverales,
  divertíos: los años se van como el agua que corre;
ni la ola que pasó volverá de nuevo
  ni la hora que pasó puede regresar.
Hay que aprovechar la edad: con pie rápido se desliza la edad,
  y la edad que sigue no es tan buena como fue la primera.
Yo en estas plantas que se marchitan he visto violetas:
  de estas espinas se me regaló una agradable corona de rosas.
Llegará el día en que tú, que ahora expulsas a tus amantes,
  muerta de frío y vieja te encontrarás tirada en la noche desierta,
y no se romperá tu puerta en las riñas de las noches
  ni encontrarás por la mañana tu umbral esparcido de rosas.
¡Con qué rapidez, pobre de mí, el cuerpo se aja con las arrugas,
  se pierde el color que hubo en el rostro resplandeciente
y el pelo blanco que podrías jurar que tenías desde jovencita
  se extiende de pronto por toda tu cabeza!
Las serpientes se despojan de la vejez junto con su fino pellejo
  y la pérdida de los cuernos no hacen viejos a los ciervos:
nuestros bienes huyen sin remedio: coged la flor,
  pues si no se coge, por sí sola caerá marchita.

Añade que también los partos acortan el tiempo de la juventud:
el campo envejece con las continuas cosechas.
Endimión de Latmo no te hace, Luna, enrojecer
ni Céfalo fue una presa que avergüence a la diosa rosada,
aunque a Venus se le regale Adonis, a quien todavía llora,
¿de dónde tiene a sus Eneas y Harmonía?
¡Seguid, raza mortal, el ejemplo de las diosas
y no neguéis vuestros placeres de Venus a los hombres
[apasionados!
Aunque ya os engañen, ¿qué perdéis? Todos esos placeres quedan
[intactos:
aunque tomen mil, nada se pierde por ello.
Se desgasta el hierro y se afina el pedernal con el uso:
esa parte aguanta y no hay miedo de que sufra daño.
¿Quién prohibiría encender una luz de otra luz que se acercara
o quién guardaría las anchas aguas en el profundo mar?
¿Y sin embargo alguna mujer puede decir a un hombre: «no es el
[momento»?
¿Qué pierdes, dime, sino el agua que vas a gastar?
Y mi voz no es que os prostituya, sino que impide que temáis
daños inexistentes: vuestros servicios no entrañan daños.
Pero, aunque navegaré con el soplo de un viento más fuerte,
mientras sigo en el puerto, que me lleve una brisa suave.

Arreglo personal: lo antiguo y lo nuevo

Empiezo por el arreglo personal: de la uva bien cultivada
procede Líber y en el suelo cultivado está alta la mies.
La belleza es un regalo divino: ¿cuántas y quiénes presumen de
[belleza?
Gran parte de vosotras carece de ese regalo tan precioso.
El arreglo os dará hermosura, la hermosura descuidada
[desaparecerá,
aunque sea parecida a la de la diosa del Idalio.

Si las antiguas muchachas no arreglaban así sus cuerpos,
ni las antiguas tenían a hombres que se arreglaran así,
si Andrómaca se vestía con bastas túnicas,
¿de qué extrañarse? Era la esposa de un rudo soldado.
¡Vamos, que te presentarías como esposa engalanada de Áyax,
el que se protegía con siete pellejos de toro!
Antes había una ruda sencillez, ahora la áurea Roma
posee las enormes riquezas del orbe sometido.
Mira lo que es ahora el Capitolio y lo que fue:
dirías que el antiguo era de otro Júpiter;
ahora la Curia es muy digna de una asamblea tan importante:
era de paja, cuando reinaba Tacio;
el Palatino que brilla ahora bajo la protección de Febo y nuestros
caudillos, ¿qué eran sino pastizales para bueyes de labranza?
Guste a otros lo antiguo, yo me felicito de haber nacido justamente
ahora: esta época se adapta a mi forma de ser,
no porque ahora se extraiga de la tierra el oro maleable
y llegue la perla escogida de lejanas riberas,
ni porque se achiquen las montañas al extraerles el mármol,
ni porque las cerúleas aguas retrocedan ante los diques,
sino porque hay arreglo personal y no ha permanecido en nuestra [época
aquella rudeza que procede de nuestros antiguos antepasados.
Vosotras no carguéis tampoco las orejas de piedras costosas
que el indio moreno escogió en verdes aguas,
ni salgáis cargadas con oro bordado en los vestidos:
muchas veces nos espantáis con las riquezas con que nos buscáis.

El peinado

El aseo nos cautiva: no estén sin orden los cabellos:
las manos que los cuidan les dan y quitan belleza.
Y no existe una sola clase de adorno: el que a cada cual siente bien,
ése elija y consulte antes a su espejo.
El rostro alargado aprueba la partición de una cabeza lisa:
así arreglaba Laodamía sus cabellos;
que se deje un pequeño rodete en lo alto de la frente
para dejar ver las orejas, lo exige una cara redonda.

La melena de una déjese caer sobre sus dos hombros:
así estás tú, Febo cantor, al tomar la lira;
otra recójasela a la manera de Diana arremangada,
como suele, cuando persigue a las fieras asustadas.
A una de pelo lacio le sienta bien que le cuelguen holgados
[tirabuzones,
a otra habrá que controlarla con el pelo sujeto;
a ésta le agrada arreglarse el pelo a lo tortuga de Cilene,
que aquella sostenga pliegues semejantes a las olas.
Pero ni podrás contar las bellotas en ramosa encina,
ni cuántas abejas hay en el Hibla ni cuántas fieras en los Alpes,
ni a mí se me permite abarcar el número de tantos peinados:
cada día que pasa se añaden nuevos estilos.
También el cabello descuidado sienta bien a muchas: a menudo
creerías que está suelto desde ayer y hace poco que se lo ha
[peinado.
Con el arte se simula casualidad: así, cuando, conquistada la ciudad,
vio el nieto de Alceo a Yole, dijo: «A ésta yo la quiero»;
así a ti, cretense abandonada, te recogió Baco en su carro,
mientras los sátiros gritaban «¡evoé!».
¡Cuánto favorece la naturaleza a vuestra belleza,
cuyos defectos se pueden reparar de múltiples maneras!
Nosotros quedamos al descubierto de mala manera y los cabellos,
arrebatados por la edad, caen como cuando Bóreas sacude las
[hojas.
La mujer tiñe sus canas con hierbas de Germania
y con arte se busca un color mejor que el auténtico;
la mujer pasea con una espesa cabellera comprada
y en lugar de sus cabellos logra otros que son suyos por dinero.
Y no les ruboriza comprarlas: vemos que se venden públicamente
delante de los ojos de Hércules y del coro de las Vírgenes.

EL VESTIDO

¿Qué voy a decir del vestido? No os reclamo a vosotros, volantes,
ni a ti, lana, que enrojeces con la púrpura de Tiro.

Cuando tantos colores se exponen a precio rebajado,
¿qué locura es llevar en el cuerpo el propio patrimonio?
He ahí el color del cielo, cuando el cielo está sin nubes
y el cálido Austro no provoca aguas de lluvia;
he ahí el semejante a ti, la que en otro tiempo a Frixo y Hele
arrancaste, se cuenta, de los engaños de Ino.
Éste imita a las olas, tiene incluso el nombre tomado de las olas:
creería yo que las Ninfas se cubren con este vestido;
aquél simula al azafrán: con azafranado velo se cubre la diosa,
cuando cubierta de rocío unce los caballos portadores de la luz;
éste imita al mirto de Pafos, ése a la roja amatista
o las blancas rosas o a la gruya de Tracia;
y no faltan, Amarilis, tus bellotas ni tus almendras
y el de la cera que dio su nombre a los vellones.
Cuantas flores produce la tierra nueva, cuando en la templada [primavera
la vid hace brotar sus yemas y huye el invierno perezoso,
tantos o más son los colores que absorbe la lana: elige el adecuado,
pues no todos sentarán bien a todas.
El negro favorece a las blancas: el negro favorecía a Briseida:
cuando fue raptada, también entonces negro era el vestido.
El blanco sienta bien a las morenas: de blanco gustabas, hija de [Cefeo:
para ti, vestida así, fue conquistada Serifos.

Higiene y maquillaje

¡Qué cerca he estado de advertiros de que no llevéis un fiero cabrón
en los sobacos y de que no tengáis las piernas ásperas por el duro [vello!
Pero no estoy enseñando a muchachas de las rocas del Cáucaso
o a las que beben, Caico de Misia, tus aguas.
¿Qué, si os aconsejo que la dejadez no ennegrezca vuestros dientes
y toméis agua por la mañana para lavaros los dientes?
Sabéis también buscar la blancura aplicándoos greda:
la que no enrojece con sangre auténtica, enrojece con artificio;

con artificio rellenáis el espacio desnudo del entrecejo
y un pequeña capa cubre vuestras mejillas verdaderas;
ni os da vergüenza resaltar los ojos con tenue ceniza lunar
o con el azafrán nacido cerca de ti, brillante Cidno.
Tengo un librito pequeño, pero una obra grande por el cuidado
[que puse,
en el que expuse las recetas para vuestra belleza.
Buscad también ahí la protección de vuestra belleza ajada:
no es inútil mi arte para vuestros asuntos.
Con todo, que tu amante no sorprenda los tarros expuestos
en el tocador: el arte, si no se nota, ayuda a la belleza.
¿A quién no ofenden heces untadas por toda la cara,
cuando, al resbalar por su peso, se derrama sobre los cálidos senos?
¿A qué no huele la lanolina, aunque se envíe desde Atenas
el jugo sacado del sucio vellón de la oveja?
No aprobaría que ante todos os aplicarais meollos de cierva
misturada ni que ante todos os limpiarais los dientes.
Eso os dará belleza, pero son desagradables para la vista,
y muchas cosas, mientras se hacen, son feas, pero hechas agradan.
Las estatuas que ahora llevan la firma del laborioso Mirón
fueron en tiempos dura masa y peso sin vida;
para hacer un anillo, se tritura primero el oro:
el vestido que lleváis fue sucia lana;
cuando se hacía, era una áspera piedra: ahora, estatua noble,
Venus desnuda escurre sus cabellos empapados de agua.
Asimismo, mientras tú te arreglas, pensemos que estás durmiendo:
es mejor que te contemplemos después del último toque.
¿Por qué tengo yo que conocer la razón de la blancura de tu cara?
Cierra la puerta del tálamo: ¿por qué mostrar una obra en bruto?
Hay muchas cosas que el hombre no está bien que sepa: la mayor
[parte
de esos asuntos molestaría, si no ocultas las interioridades.
Las estatuas de oro que brillan en el teatro engalanado, míralas
atentamente y las despreciarás: una lámina de metal cubre la
[madera.
Pero ni la gente puede acercarse a ellas si no están acabadas,
ni se ha de preparar la belleza si no se han alejado los hombres.

En cambio, no prohíbo que se pongan a peinar los cabellos
ante ellos, de manera que queden desparramados por tu espalda.
Procura especialmente no demorarte en esos momentos
ni sueltes muchas veces el cabello lacio.
Que esté segura la peinadora: odio a la que hiere la cara
con las uñas o coge un alfiler y lo clava en el brazo;
maldice, mientras la toca, la cabeza de su dueña y al mismo
tiempo llora sangrando sobre el odioso cabello.
La que tenga malos pelos, ponga un guardián en la puerta
o que se arregle siempre en el templo de la Buena Diosa.
Se anunció de improviso mi llegada a casa de cierta mujer:
ella confusa se puso la peluca torcida.
¡Tengan los enemigos un motivo de vergüenza tan feo
y deshonra semejante caiga sobre las nueras de los Partos!
Feo es el ganado sin cuernos, feo el campo sin hierba
y el árbol sin hojas y la cabeza sin pelo.

Trucos para ocultar los defectos

No vinisteis para que yo os enseñara, Sémele o Leda,
ni tú, Sidonia, transportada por un falso toro sobre el mar,
o Helena, a la que no tontamente reclamas, Menelao,
y a la que también no tontamente tú tienes, raptor de Troya.
Una multitud viene a que le enseñe, jóvenes bonitas y feas,
aunque siempre abunda más lo malo que lo bueno.
Las hermosas no buscan la ayuda y los consejos de mi Arte:
ellas tienen su propia dote y su belleza es sin arte poderosa.
Cuando la mar está en calma, el marino descansa tranquilo;
cuando está picada, aquél se sienta junto a los aparejos.
Sin embargo, rara es la cara que no tiene defecto: oculta los defectos
y, como puedas, esconde las faltas de tu cuerpo.
Si eres baja, siéntate, para que de pie no parezca que estás sentada,
y tiéndete en tu cama por más pequeña que seas;
aquí también, para que no se pueda calcular la medida de la acostada,
procura que se oculten los pies poniendo ropa encima.

La que es demasiado fina, que se ponga vestidos de hilo
grueso y que el manto le caiga suelto de sus hombros.
La pálida dé un toque de color a su cuerpo con vestidos de púrpura:
tú, más morena, acude a la ayuda del pez de Faro.
Ocúltese siempre el pie feo en blanca sandalia
y no desates los cordones de unas piernas enjutas.
Finas hombreras vienen bien a espaldas pronunciadas
y que una faja rodee el pecho abultado.
Que acompañe con gestos insignificantes cualquier cosa que hable
la que tenga dedos gordos y uñas sucias.
La que tenga el aliento desagradable, no hable nunca en ayunas
y siempre guarde las distancias con la cara del hombre.
Si has nacido con los dientes negros, enormes o irregulares,
riendo te ganarás los mayores perjuicios.

La risa

¿Quién lo creería? Aprenden incluso a reír las mujeres:
en este aspecto ellas buscan también la elegancia.
Sea pequeña la abertura de la boca, pequeños los hoyuelos
de ambos lados y los labios inferiores cubran los dientes [superiores;
y no forcéis los ijares con risa continua,
sino que suene a un no sé qué de suave y femenino.
Está la que deforma la cara con carcajadas horribles;
a una le dio un golpe de risa: pensarías que estaba llorando;
aquella suena a algo ronco y desagradable: está riendo,
como rebuzna la burra penca desde la rugosa muela.

El llanto y el habla

¿A dónde no llega el arte? Aprenden a llorar con elegancia
y lloran cuando quieren y como quieren.
¿Y qué cuando una letra no responde al sonido legítimo
y la lengua obligada se vuelve tartamuda con forzado acento?

La elegancia está en el defecto: aprenden a pronunciar mal ciertas
palabras y a poder hablar peor de lo que podrían.

Los andares

En todas estas cosas, puesto que os favorecen, poned atención:
aprended a contonear el cuerpo con paso femenino.
También en los andares reside parte no desdeñable de la elegancia:
esos atraen o espantan a los hombres que no os conocen.
Ésta mueve la cadera con arte recogiendo la brisa
en su túnica en movimiento y camina altiva con garbo;
aquélla pasea, como la rojiza esposa del marido de Umbría,
y patizamba avanza a grandes zancadas.
Pero haya, como en muchas cosas, mesura aquí también: en andares
el segundo será un contoneo cateto y el primero presumido.
Con todo, quede desnuda la parte baja del hombro
y la parte más alta del brazo fácilmente visible desde tu izquierda.
Esto a vosotras, blancas, os sienta especialmente bien: cuando lo
[veo,
me gustaría besar sin cesar el hombro por donde está descubierto.

La música y el canto

Monstruos del mar eran las sirenas quienes con su voz melodiosa
detenían a las naves por rápidas que fueran;
el hijo de Sísifo, al oírlas, casi desata su cuerpo,
pues había taponado los oídos de sus compañeros con cera.
El canto es un medio de atracción: aprendan a cantar las mujeres
—en lugar de un rostro la voz fue para muchos su propia
[alcahueta—
y repitan ya lo oído en los teatros de mármol
o ya las canciones ejecutadas con los ritmos del Nilo;
y la mujer instruida con mi arte no ignore tocar
el plectro con la diestra y la cítara con la izquierda.

A rocas y fieras conmovió con la lira Orfeo de Ródope
  y a la laguna del Tártaro y al can de tres cabezas;
las piedras con tu canto, justo vengador de tu madre,
  levantaron obedientes nuevas murallas;
aunque era mudo, se cree que un pez, leyenda famosa,
  había obedecido a la lira de Arión.
Aprende también a rasguear con ambas manos el arpa
  festiva: se aviene ella a los dulces juegos del amor.

La poesía

Séate conocida la Musa de Calímaco, séate conocida la del poeta
  de Cos, séate también conocida la Musa del mollatoso viejo
[de Teos,
séate conocida también Safo —pues ¿qué hay más sensual que
[ella?—
  y aquel cuyo padre es burlado por las artimañas del astuto Geta.
También podrías leer la poesía del tierno Propercio
  o algo de Galo o algo tuyo, Tibulo,
y la enseña de amarilla lana cantada por Varrón,
  el vellocino que habría de lamentar, Frixo, tu hermana;
y al prófugo Eneas, origen de la alta Roma:
  no existe en el Lacio obra más famosa.
Tal vez también mi nombre se mezcle con esos
  y mis escritos no acabarán en las aguas del Leteo
y alguien llegue a decir: «Lee los cultos poemas
  de nuestro maestro, en los que instruye él a los dos sexos,
o de los libros que el tierno título de Amores rubrica
  elige lo que leer con voz delicadamente dócil
o recita tú una Carta con el tono adecuado:
  él renovó este género que otros desconocían».
¡Ay, así, Febo, lo quieras, así vosotros, piadosos númenes
  de los vates, Baco de insigne cornamenta y las nueve diosas!

La danza

¿Quién dudaría que yo quiera que la mujer sepa bailar,
para que, al acabar el banquete, mueva sus brazos si la invitan a
[ello?
Las artistas de la cadera, espectáculos de la escena, despiertan
[pasiones:
¡tan gran elegancia encierran sus movimientos!

El juego

Me da vergüenza aconsejar pequeñeces: que sepa cantar las tiradas
de dados y tu valor, ficha que has sido lanzada;
y que o bien tire los tres dados o bien medite adecuadamente
a qué casilla acercarse astuta o a cuál retar,
y que cauta juegue a la guerra de ladrones no a lo loco,
cuando una pieza cae ante dos enemigos,
el guerrero sorprendido lucha sin su igual
y el rival recorre muchas veces el camino emprendido.
Y échense bolas lisas en una ancha redecilla
y, salvo la que cojas, no ha de moverse ninguna bola.
Está el tipo de juego que divide el tablero de forma sutil
en tantas líneas como son los meses del año escurridizo;
un pequeño tablero acoge a tres piedritas por uno y otro lado
y ganar consiste en poner las propias en una hilera.
Practica mil juegos, es feo que una mujer no sepa jugar:
en el juego muchas veces se despierta el amor.
Pero el esfuerzo menor es hacer las tiradas con sabiduría,
la tarea mayor es controlar la propia conducta.
Entonces nos mostramos incautos y en la misma afición nos
[abrimos
y desnudos se abren nuestros corazones en el juego.
Llega la ira, un mal que afea, y el deseo de lucro
y las discusiones y las riñas y un dolor resentido;
se lanzan acusaciones, el cielo resuena con los gritos
y todos invocan en su favor a los dioses airados.

No existe la lealtad en el juego: ¿qué es lo que no se llega a desear?
Incluso he visto muchas veces mejillas humedecidas de lágrimas.
¡Júpiter expulse conductas tan vergonzosas de vosotras,
cuyo objetivo es agradar a algún hombre!
La débil naturaleza asignó estos juegos a las mujeres,
los hombres se entretienen en juegos más variados.
Tienen ellos la veloz pelota, la jabalina, el disco,
las armas y el caballo obligado a hacer caracoleos;
a vosotras no os retiene el Campo ni la fresca fuente de la Doncella
ni os transporta el río Etrusco por sus plácidas aguas.

Los paseos

Con todo, se os permite y con provecho pasear a la sombra del
[pórtico
de Pompeyo, cuando la cabeza de la Virgen arde bajo los caballos
[del Sol.
Visitad el Palatino consagrado al laureado Febo
—él hundió en alta mar las naves de Paretonio—
y los monumentos que erigieron la hermana y la esposa del
[emperador
y su yerno que ciñó su cabeza con la corona naval;
visitad los altares de la vaca de Menfis donde se quema incienso,
visitad los tres teatros de localidades para hacerse ver.
Contemplad la arena manchada de sangre caliente
y el poste de la meta que la hirviente rueda ha de sortear.
Lo que está oculto, se desconoce: lo desconocido no despierta
[deseo alguno:
se pierde el provecho cuando una bonita cara carece de testigos.
Aunque tú superes en el canto a Támiras y Amebeo,
no será grande la popularidad de tu lira desconocida.
Si Apeles de Cos no hubiera expuesto en ninguna parte a Venus,
estaría ella oculta sumergida en las aguas del mar.
¿Qué buscan los sagrados poetas sino únicamente la fama?
La esencia de nuestros esfuerzos reside en este deseo.

Desvelo de dioses y reyes fueron antaño los poetas,
grandes premios lograban también los antiguos coros,
sagrada era la majestad de los poetas, su nombre era venerable
y muchas veces se les colmaba de enormes riquezas.
Ennio, nacido en las montañas de Calabria, mereció
ganarse un lugar junto a ti, gran Escipión.
Ahora tiradas están las hiedras sin reconocimiento y el vigilante
desvelo dedicado a las cultas Musas recibe el nombre de pereza.
Pero agrada a la fama estar en vela: ¿quién conocería a Homero,
si hubiera quedado oculta la Ilíada, obra inmortal?
¿Quién conocería a Dánae, si siempre hubiera estado encerrada
y hubiera permanecido escondida de vieja en su torre?
El bullicio es útil para vosotras, hermosas mujeres:
llevad muchas veces los pies errante más allá de vuestros [umbrales.
La loba acecha a muchas ovejas para depredar sólo a una
y el ave de Júpiter sobrevuela sobre muchos pájaros.
La mujer vistosa entréguese también a la gente para que la vean:
tal vez de muchos a uno solo será al que atraiga.
Ella en todos los sitios siga empeñada en gustar
y preocúpese con todas sus fuerzas de su elegancia.
El azar vale en todas partes: ten echado siempre el anzuelo:
en la corriente que menos pienses, saltará el pez.
Muchas veces los perros rastrean en vano los montes boscosos
y en la red cae el ciervo sin que nadie lo acose.
¿Qué otra cosa podía haber esperado Andrómeda encadenada
menos que sus lágrimas pudieran gustar a alguien?
Muchas veces en el entierro del marido marido se busca: sienta bien
ir con el cabello suelto y no refrenar el llanto.

¡Cuidado con los donjuanes!

Pero evitad a los hombres que hacen profesión del arreglo y la [belleza
y que llevan cada cabello en el sitio apropiado.
Lo que os dicen a vosotras, se lo dijeron a mil mujeres:
anda errante y no se detiene en ningún sitio el Amor.

¿Qué puede hacer una mujer, cuando el hombre está más liso
que ella misma y tal vez pueda tener a más hombres?
Difícilmente me creeréis, pero creedme (Troya permanecería,
si hubiera hecho caso, hija de Príamo, de tus consejos):
hay quienes se acercan con la falsa apariencia de amor
y en tales acercamientos buscan vergonzosas ganancias.
No os dejéis engañar por su cabello, abrillantado de claro nardo
ni una corta lengüeta ajustada a sus propios pliegues,
ni os engatuse una toga de hilo finísimo, ni si
hay algún que otro anillo en sus dedos.
Tal vez de todos esos el más acicalado
sea un ladrón que se consume de amor por tu vestido.
«¡Devuélveme lo mío!», gritan a menudo las mujeres atracadas,
«¡devuélveme lo mío!», con voz que retumba en todo el foro.
Estos pleitos los ves impasible tú, Venus, y los ven tus Apiades
desde tu templo resplandeciente por el abundante oro.
Hay también algunos nombres malos de fama no dudosa:
muchos cargan con el delito de una amante engañada.
Aprended de las quejas de otra a temer por las vuestras,
para que no tenga la puerta abierta el hombre mentiroso.
No creáis, hijas de Cécrope, los juramentos de Teseo:
los dioses que pondrá por testigos, ya los puso antes.
Y a ti, Demofonte, heredero del crimen de Teseo,
no te ha quedado credibilidad alguna tras engañar a Filis.
Si hacen buenas promesas, haced otras tantas de palabra:
si os dan, dadles también los goces prometidos.
Puede apagar las llamas permanentes de Vesta
y robar de tu templo, hija de Ínaco, los objetos sagrados
y dar al amante acónito mezclado con cicuta triturada
la que, después de recibir un regalo, dice que no a Venus.

Las cartas de amor

Mi ánimo me lleva a detenerme más cerca: tira de las riendas,
Musa, y no te estrelles con las ruedas a toda velocidad.
Que tienten el vado palabras escritas en tablillas de abeto:
que una criada de confianza reciba el billete enviado.

Analízala y de lo que leas deduce de las mismas palabras
si él finge o si te solicita de corazón y apasionadamente.
Y contéstale después de breve espera: la espera siempre
estimula a los amantes, con tal de que sea por poco tiempo.
Pero ni te entregues fácilmente a los ruegos del joven
ni tampoco le niegues con dureza lo que él te solicita.
Haz que tema y espere y, cuantas veces contestes,
la esperanza sea mayor y el temor menor.
Escribid, mujeres, palabras elegantes, pero normales y usuales:
la forma usual de conversación es la que agrada.
¡Ah, cuántas veces un enamorado dubitativo se inflamó con una
[carta
y un lenguaje bárbaro perjudicó a una gran belleza!
Pero puesto que, aunque no disfrutéis del honor de la cinta,
es vuestra preocupación engañar a vuestros hombres,
escribid en las tablillas con la mano de una esclava o un esclavo,
y no confiéis vuestras prendas de amor a un joven que no conocéis.
489 Pérfido es aquel que guarda tales prendas de amor,
490 pero con todo tiene algo semejante al rayo del Etna.
487 He visto yo que mujeres pálidas por ese miedo tengan
488 que soportar desgraciadas una esclavitud para toda la vida.
491 Conmigo de juez está permitido rechazar al engaño con el engaño
y el derecho permite tomar las armas contra gente armada.
Que una sola mano se acostumbre a escribir muchos tipos de letras
—¡ah, mueran quienes me obligan a dar estos consejos!—,
pero no es seguro escribir una respuesta si no se ha raspado la cera,
no sea que la misma tablilla conserve dos manos de escritura.
Que el que escriba llame siempre mujer al amante:
quien fue «él», sea «ella» en tus mensajes.

El buen carácter

Si de pequeños asuntos se permite llevar el ánimo a cuestiones
más importantes y desplegar las vela llenas con los pliegues
[hinchados,
es importante para la belleza controlar las rabiosas pasiones:
una paz tranquila sienta bien a los hombres, la ira cruel a las fieras.

El rostro se hincha con la ira, las venas se ennegrecen de sangre,
los ojos brillan más cruelmente que el fuego de la Górgona.
«Vete lejos de aquí, flauta, para mí no vales tanto», dijo
Palas, cuando vio su propio semblante en el río.
Vosotras también, cuando os miréis al espejo en medio de la ira,
apenas alguna podría reconocer su propio rostro.
Y no menos dañina es la soberbia en vuestro rostro:
con ojos amables hay que seducir al Amor.
Odio la arrogancia excesiva —creed a uno que sabe—:
muchas veces un rostro que calla encierra la semilla del odio.
Mira al que te mira, ríe con agrado al que te ríe;
que te hace señas: devuélvele tú también las señales recibidas.
Después de estos preludios el niño aquel sin las espadas
de madera saca de su aljaba las flechas afiladas.
Odio también a las tristes: que Áyax ame a Tecmesa,
que a nosotros, gente festiva, nos cautiva la mujer alegre.
Nunca yo te pediría a ti, Andrómaca, ni a ti, Tecmesa,
que una u otra de vosotras fuera mi amante;
Apenas puedo yo creer, aunque me obliguen a creer los partos,
que vosotras os habéis acostado con vuestros maridos.
¡Vamos, que una mujer tan triste como la de Áyax iba a decirle
«vida mía» y los piropos que suelen gustar a los amantes!

VALORAD A LOS HOMBRES POR LO QUE SON

¿Quién prohíbe sacar ejemplos de asuntos grandes para otros
menores y no sentir temor ante el nombre de general?
El buen general confía a uno cien hombres para dirigirlos con la vid,
a otro la caballería y a otro la defensa de las enseñas;
también vosotras mirad para qué cometido será apto cada uno
de nosotros y poned a cada cual en un lugar adecuado.
Que el rico dé regalos: quien profese el derecho, que os asesore:
que el elocuente defienda muchas veces la causa del cliente.
Quienes componemos versos, enviemos sólo versos:
este coro es más apto que otros para amar;

nosotros somos por doquier los pregoneros de la belleza que [agrada:
renombre tiene Némesis, renombre tiene Cintia.
El lucero de la tarde y las tierras de oriente conocen a Licoris
y muchos preguntan quién es mi Corina.
Añade el que las intrigas están lejos de los poetas sagrados
y nuestro arte también se acomoda a nuestro carácter.
Y no nos afecta la ambición política ni el deseo de poseer:
cultivamos el lecho y la sombra con menosprecio del foro;
pero nos entusiasmamos fácilmente, nos inflamamos con fuerte [calor
y sabemos amar con lealtad demasiado firme.
Sin duda el carácter se suaviza a partir de este arte agradable
y las costumbres caminan de acuerdo con esta afición.
¡Sed asequibles, muchachas, con los vates de Aonia!
Existe en ellos divinidad y son los favoritos de las Piérides.
Hay un dios en nosotros y estamos en contacto con el cielo:
de las moradas etéreas nos viene esa inspiración.
Delito es esperar dinero de los doctos poetas:
¡pobre de mí, pues ninguna mujer teme por este crimen!
¡Con todo, disimulad y no seáis rapaces a primera vista!
El nuevo amante se echará atrás al ver la red.

El novato y el veterano

Pero ni el jinete montará con los mismos frenos al caballo
que hace poco sintió las riendas que al ya domado,
ni se habrá de tomar el mismo camino para cautivar
a corazones maduros por los años que a la lozana juventud.
El joven, bisoño y ahora conocido por primera vez en el [campamento
del Amor, que ha tocado tu tálamo como presa reciente,
sólo a ti conozca, siempre esté pegado sólo junto a ti:
de altos vallados hay que cercar esa cosecha;
huye de una rival: vencerás, si sola tú lo posees:
con aliados Venus y reinos no permanecen seguros.

El soldado veterano amará con sensibilidad y sabiduría
y soportará muchas cosas que el novato no:
ni romperá puertas ni se quemará con fuegos violentos
ni atacará las delicadas mejillas de su dueña con las uñas
ni rasgará sus túnica o la túnica de su amada
ni será motivo de llanto haberle tirado de los pelos.
Eso sienta bien a los jóvenes fogosos por la edad y por el amor,
el otro soportará crueles heridas con ánimo controlado.
¡Se abrasará, ay, a fuego lento, como heno mojado,
como leña recién talada en las cima de las montañas!
Más seguro es este amor, breve y más productivo aquél:
coged con mano rauda los frutos que se escapan.

La valía

Revelemos todo —hemos abierto la puerta al enemigo—
y haya lealtad en la desleal traición.
Lo que se entrega fácilmente alimenta mal un amor duradero: hay que
mezclar el desdén de vez en cuando con los alegres juegos del amor.
Que se eche ante tu puerta, que diga «¡puerta cruel!»
y actúe de sumiso a veces y a veces de amenazante.
No soportamos lo meloso, nos refrescamos con zumos amargos:
a menudo se hunde la barca volcada por vientos favorables.
Esto es precisamente lo que impide que se ame a las esposas:
los maridos se unen a ellas cuando quieren.
Pon una puerta y que un portero te diga con boca adusta:
¡no puedes! Incluso a ti excluido te tocará el amor.
Envainad ya las espadas sin punta, lúchese con las afiladas:
no dudo de que se me atacará con mis propios dardos.
Mientras el amante recién capturado cae en tus redes,
que sólo él espere poseer tu tálamo;
más tarde se dé cuenta de que hay un rival y comparte el compromiso
del lecho: quita estas artimañas y envejecerá el amor.

El caballo de raza, abierto el cajón, corre bien precisamente
cuando tiene a quiénes adelantar y a quiénes perseguir.
El agravio aviva el fuego por más extinguido que esté:
¡mira, yo, lo confieso, sólo amo si estoy ofendido!
Con todo, que el motivo de la afrenta no sea demasiado claro
y preocupado piense que hay más de lo que sabe.
Incita también la severa vigilancia de un esclavo fingido
y la enojosa preocupación de un marido demasiado riguroso.
El placer que llega sobre seguro es peor recibido:
aunque seas más generosa que Tais, aparenta miedo.
Aunque puedas mejor por la puerta, hazle entrar por la ventana
y vea en tu rostro señales de miedo.
Que la esclava astuta irrumpa y diga «¡estamos perdidos!»
tú esconde al joven tembloroso en cualquier lugar.
Con todo, hay que mezclar a Venus segura con el miedo,
no vaya a pensar que tus noches no son para tanto.

Cómo engañar al marido

Cómo se puede engañar al marido astuto
y cómo al guardián despierto, iba a pasarlo por alto.
La casada tema al marido, sea legítima la custodia de la casada:
esto está bien, esto lo ordenan las leyes, el derecho y el pudor.
Que también se te vigile a ti, a quien hace poco ha rescatado la vara,
¿quién lo soportaría? Para que puedas engañar, asiste a mis ritos.
Aunque te estén mirando tantos ojos como tiene Argo,
si tienes una firme voluntad, lo engañarás.
¡Cómo que un guardián te va a impedir que puedas escribir,
cuando te llegue el turno de tomar un baño,
cuando tu cómplice pueda llevar billetes escritos
que un ancho sostén oculte en su caliente seno,
y cuando pueda ocultar papeles atados en la pantorrilla
y llevar cariñosas misivas entre el pie y la sandalia!
Que el guardián ha previsto esto: tu cómplice ofrezca la espalda
para tu misiva y lleve tus palabras en su cuerpo.

También es segura y engaña a los ojos la letra escrita
con leche reciente: dale un toque de carbón y la leerás.
Engañará también la letra que se hace con barro de alumbre
humedecido, de manera que la tablilla limpia lleve la misiva [oculta.
Acrisio se preocupó de vigilar a su hija:
sin embargo, ella lo hizo abuelo con su delito.
¿Qué puede hacer el guardián, cuando hay tantos teatros en Roma,
cuando ella contempla con gusto el tiro de caballos,
cuando se sienta como devota ante los sistros de la novilla de Faros
y puede ir a donde a sus acompañantes se les prohíbe la entrada,
cuando la Buena Diosa aleja de su templo las miradas de los [varones,
exceptuando a algunos que ella ordena que se acerquen,
cuando, mientras el guardián cuida fuera la túnica de la joven,
los numerosos baños ocultan furtivos juegos,
cuando, cada vez que es preciso, enferma de mentira la amiga
y, aun enferma, le cede su lecho,
cuando con su nombre la llave falsa nos enseña lo que debemos [hacer
y no es únicamente la puerta la que te ofrece el camino que buscas?
Se engaña también el celo del guardián con abundante vino,
incluso si la uva ha sido recolectada en las laderas de Hispania.
Hay también sustancias que producen un sueño profundo
que cierran sus ojos vencidos en una noche de Leteo.
Y no está mal que la confidente entretenga al odioso guardián
con morosos deleites y ella misma se una a él en larga demora.
¿De qué sirve andarse con rodeos y dar consejos sin importancia,
cuando se puede comprar al guardián con un pequeño regalo?
Los regalos, créeme, cautivan a dioses y a hombres:
el mismo Júpiter se aplaca con los dones que se le ofrecen.
¿Qué no hará el necio, cuando el sabio se alegra con los regalos?
El mismo guardián, aceptado el regalo, permanecerá mudo.
Pero al guardián hay que comprarlo de una vez para toda la vida:
muchas veces te alargará la mano el que una vez las alargó.

¡Cuidado con las criadas guapas!

Me quejaba, lo recuerdo, de que había que tener cuidado
con los amigos: esa queja no afecta sólo a los hombres.
Si eres confiada, otras te robarán tus placeres
y esta liebre se habrá levantado para otras.
Incluso esa que servicial te ofrece el lecho y el lugar,
créeme, ésa ha estado conmigo más de una vez.
Que no os sirva una esclava demasiado hermosa:
muchas veces aquélla hizo para mí las veces de la dueña.
¿Adónde me dejo llevar en mi locura? ¿Por qué me lanzo contra
[el enemigo
a pecho descubierto y yo mismo me delato con mis propias
[evidencias?
El pájaro no señala al pajarero por dónde puede acechar:
no enseña a correr la cierva a los perros sus enemigos.
¡Aparte mis intereses! Yo seguiré el plan fielmente:
a las mujeres de Lemnos daré espadas para mi propia muerte.
Haced —y es fácil— que creamos que nos amáis: en los hombres
apasionados la lealtad se inclina hacia los propios deseos.
Que la mujer mire cariñosamente al joven y suspire honda
y pregunte por qué llega tan tarde;
acudan lágrimas y dolor fingido por una rival
y que le señale su cara con sus propios dedos.
Rápidamente quedará convencido: automáticamente sentirá pena
y dirá: «Por mi amor está esa preocupada».
Si es especialmente presumido y se gusta al espejo,
creerá que las diosas llegarán a enamorarse de él.

Los celos: leyenda de Procris

Pero que a ti una ofensa, sea cual sea, te altere poco,
y si oyes de una rival, no te vuelvas loca
ni te lo creas rápidamente: cuánto perjudica creer rápidamente,
el ejemplo de Procris será para vosotras muy sintomático.

Hay cerca de las purpúreas colinas del florido Himeto
una fuente sagrada y una tierra blanda de verde césped;
un arbolado no elevado forma un bosque, el madroño cubre la
[hierba,
el romero, el laurel y el negro mirto exhalan su perfume;
y no quedan lejos el boj de espeso follaje y los frágiles tamarindos
ni tampoco el fino codeso y el pino doméstico.
Impulsadas por el Céfiro suave y una brisa saludable
se estremecen las ramas de tantas plantas y las puntas de las
[hierbas.
Agradable descanso se daba Céfalo: sin esclavos ni perros
el joven cansado muchas veces se sentaba en este paraje,
Donde solía cantar: «Para aliviar mis calores acude
para recibirte en mi pecho, Brisa que bien refrescas».
Alguien en mala hora diligente al tímido oído de su esposa
devolvió de su boca memoriosa los sonidos que había escuchado.
Procris, cuando oyó el nombre de Brisa, como el de una rival,
se desmayó y quedó muda a causa del repentino dolor.
Palideció, como, cuando se recogen los racimos de la vid,
palidecen las hojas tardías que el nuevo invierno daña,
como el membrillo maduro que dobla su rama
y como el cornejo todavía no suficientemente apto para el
[consumo.
Cuando recobró el sentido, desgarró desde el pecho el fino
vestido y con las uñas arañó sus mejillas que no lo merecían;
sin perder tiempo, se lanza volando a través de los caminos
fuera de sí con los cabellos sueltos, como Bacante excitada por el
[tirso.
Cuando estuvo cerca, deja a sus acompañantes en el valle
y ella a escondidas y con paso sigiloso entra valiente en el bosque.
¿Cuáles eran tus pensamientos, Procris, cuando, poco cuerda, así
te escondías? ¿Qué fuego era el de tu atónito corazón?
¡Sin duda pensabas que se iba a presentar quien fuera esa Brisa
y con tus propios ojos habrías de ver la afrenta!
Unas veces te arrepientes de haber venido —pues no quisieras
[sorprenderlos—,
otras veces te alegras: el amor da vueltas inseguro en tu corazón.

Lo que te fuerza a creer es el lugar, el nombre y el delator
y el que la mente siempre piensa que sucede lo que teme.
Cuando vio las huellas de un cuerpo en la hierba aplastada,
su corazón palpitante aumenta las pulsaciones en su tembloroso
[pecho.
Y ya el mediodía había reducido las tenues sombras
y a igual distancia quedaban el orto y el ocaso.
He aquí que regresa al bosque Céfalo, prole cilenia,
y se refresca el rostro acalorado con agua de una fuente.
Angustiada, Procris, te ocultas, mientras él se tiende en la hierba
de siempre y dice: «¡Ven brisa y Céfiros suaves!».
Cuando la pobre descubrió el agradable error del nombre
recobró la razón y el color verdadero de su rostro;
Se levantó, y removiendo con su cuerpo las ramas que le estorbaban
se desplazó la esposa para ir a abrazar a su marido.
Él, creyendo haber visto a una fiera, con el brío de un joven
se puso en guardia: los dardos estaban en su mano derecha.
¿Qué haces, desgraciado? No es una fiera: ¡deja los dardos!
¡Pobre de mí! ¡La joven ha sido atravesada por tu propio dardo!
«¡Ay de mí!» grita. «¡Has atravesado a un corazón querido!:
esta parte siempre recibe las heridas de Céfalo.
Muero antes de tiempo, pero no he sido ofendida por ninguna rival:
esto hará que tú, tierra, me seas ligera cuando me entierren.
Ya mi aliento se escapa hacia las brisas de nombre sospechoso:
¡Me muero, ay, cierra mis ojos con tu mano querida!»
Él sostiene el cuerpo moribundo de su dueña sobre su triste regazo
y lava las crueles heridas con sus lágrimas.
El último aliento va saliendo y, al irse escapando poco a poco
de aquel pecho imprudente, lo va recogiendo la boca del
[desgraciado marido.

Los banquetes

Pero volvamos al hilo de la obra: he de tratar directamente los
[asuntos,
para que mi barca cansada pueda tocar su propio puerto.

Aguardas con preocupación, mientras te llevo a los banquetes
y buscas mis consejos también en este punto.
Llega tarde y camina con garbo a la luz de las lámparas: con la
[tardanza
resultarás agradable, pues la tardanza es la mayor alcahueta.
Aunque seas fea, parecerás hermosa a los bebidos
y la noche misma proporcionará escondites a tus defectos.
Coge la comida con los dedos —tiene importancia la forma de
[comer—,
y no te refriegues la boca con la mano sucia;
y no comas antes en casa, pero deja menos
de lo que tomas: come un poco menos de lo que puedes comer.
El hijo de Príamo, si viera a Helena comiendo con avidez,
la odiaría y diría: «¡Qué tonto ha sido mi rapto!».
A las mujeres les va más y les sienta mejor beber:
no casas mal, Baco, con el hijo de Venus;
esto será también en la medida en que la cabeza aguante y la
[conciencia
y los pies se mantengan firmes: ¡no veas doble lo que es simple!
Feo es que una mujer esté tirada empapada de abundante Lieo:
ésa se merece soportar acostarse con cualquiera.
Y no es seguro sucumbir al sueño cuando quitan la mesa:
aprovechándose del sueño se suelen cometer muchas
[desvergüenzas.

Posturas sexuales

Me da vergüenza enseñar lo que sigue, pero la nutricia Dione
me dice: «Nuestra obra versa especialmente de lo que da
[vergüenza».
Que cada mujer se conozca a sí misma: escoged según vuestro
[cuerpo
las posiciones certeras: no a todas favorece una misma postura.
La que sea bonita de cara, que se tienda boca arriba:
que se vean de espaldas aquellas a las que gustan sus espaldas.
Milanión llevaba en sus hombros las piernas de Atalanta:
si son bonitas, hay que recibirlas de esta manera.

La pequeña sea llevada a caballo: porque era muy larga, nunca
la tebana se sentó de casada sobre el caballo de Héctor.
Oprima el colchón con las rodillas con el cuello un poco doblado
la mujer que debe ser contemplada por su largo costado.
La que tenga muslos juveniles y sus pechos no tengan defectos,
que el hombre esté de pie y ella se tienda atravesada en el lecho.
No pienses que es vergonzoso soltarte el cabello,
como la madre de Filo: vuelve hacia atrás el cuello con el pelo
[suelto.
Tú también, a quien Lucina marcó el vientre de arrugas,
monta, como el parto veloz, el caballo volviendo grupas.
Mil son las figuras de Venus: la sencilla y de menor esfuerzo
es cuando está acostada boca arriba sobre el costado derecho.

Consejos sobre el sexo

Pero ni los trípodes de Febo ni el cornígero Amón
os cantará más verdades que mi propia Musa.
Si alguna confianza hay en mi arte, que he aprendido tras larga
[experiencia,
creed en mí: mis versos garantizarán vuestra confianza.
Sienta a Venus la mujer entregada desde lo profundo de su ser
y guste esa cosa a los dos por igual.
Y no cesen los requiebros y jadeos agradables
ni callen en medio del juego amoroso palabras descaradas.
Tú también, a quien la naturaleza negó sentir a Venus,
finge dulces goces con sonidos mentirosos.
¡Desgraciada la mujer que tiene embotado aquel lugar
del que deben disfrutar por igual hombre y mujer!
Ten cuidado sólo de no delatarte cuando estés fingiendo:
consigue que te crean con el meneo y los mismos ojos.
Cuánto te gusta, demuéstralo con gritos y jadeos:
¡ay, me da vergüenza!, pero esta parte tiene sus señales secretas.
La que después de los placeres de Venus exige un regalo al amante,
ésa no pretenderá que sus ruegos tengan peso.

No dejes entrar luz en el tálamo con las ventanas de par en par:
es mejor que muchas cosas queden ocultas en vuestro cuerpo.

Firma del autor

El juego llega a su fin: es hora de apearse de los cisnes
que tiraron de nuestro carro con sus cuellos.
Como antes los hombres, así ahora mujeres, mis seguidoras,
inscriban sobre sus despojos: Nasón fue nuestro maestro.

COMENTARIOS AL «ARTE DE AMAR»

Libro primero

Sobre el libro primero, cf. C. M. C. Green, «Terms of Venery. *Ars amatoria* 1», *Transactions Amer. Philol. Assoc.* 126, 1996, 221-264.

Prólogo (1-34)

El proemio del libro I se distribuye así: *a)* materia del libro (arte o técnica de amar o *ars amandi)* y justificación de la obra (vv. 1-4); *b)* el poeta como preceptor del amor o *praeceptor amoris* (vv. 5-24); *c)* rechazo de la inspiración sobrenatural y aceptación de la experiencia personal como base de la obra (vv. 25-30); y *d)* el público y la moralidad pública (vv. 31-34). Léase a Hollis 1977, pág. 31; Pianezzola 1991, pág. 185.

Cf. F. W. Lenz, «Das Proömium von Ovids *Ars amatoria*», *Maia* 13, 1961, 131-142 (íd. *Opuscula selecta,* Amsterdam, 1972, págs. 261-272); D. Korzeniewski, «Ovids elegisches Proömium», *Hermes* 92, 1964, 200; Ch. F. Ahern, «Ovid as *vates* in the proem to the *Ars amatoria*», *Classical Philology* 85, 1990, 44-48; R. Dimundo, «L'arte della seduzione e il *doctus amator* ovidiano (Ov. *Ars* 1, 1-34)», *Bolletino di Studi Latini* 30, 2000, 19-36

3-4 Ovidio quiere resaltar la idea de que el amor puede ser dominado por la razón, es decir, por la técnica o el arte *(ars)* y no por los sentimientos que emanan de la naturaleza *(natura).* De ahí el sentido de los ejemplos aducidos del dominio de las naves y los carros por la técnica y de ahí que Venus le haya hecho a él mismo un experto *(artificem)* en el amor (v. 7). Por otra parte, el debate entre naturaleza y arte o entre naturaleza y virtud es muy antiguo; cf., p. e., Horacio, *Odas,* 4.4; A. Ramírez de Verger y A. Villarrubia, «Historia y poesía en la oda IV 4 de Horacio», *Faventia* 8, 1986, 45-55; M. Citroni, «Ovidio, *Ars* I, 3-4 e Omero, *Iliade* 23, 315-329.

Analogia tra le artes e la fondazione del discorso didascalico», *Sileno* 10, 1984, 157-167.

5-6 Automedonte es el auriga de Aquiles; cf. Homero, *Ilíada,* 17.426 y ss.; Virgilio, *Eneida,* 2.476-477. Tifis, paradigma de la pericia marinera, es el piloto de la nave Argo, construida en madera del monte Pelión en Tesalia o Hemonia; en ella viajaron Jasón y sus hombres en busca del vellocino de oro; cf. Montero, pág. 39; Catulo, *Poesías,* 64.1-2.

11 Quirón, hijo de Fílira, ninfa amada por Saturno, era el maestro de jóvenes héroes y, en especial, de Aquiles; cf. Homero, *Ilíada,* 11.832, Hesíodo, *Teogonía,* 1002; Arcaz, pág. 62.

15-16 Quirón es pintado por Ovidio como el típico maestro de escuela romano; cf. *Amores,* 1.13.17-18; Horacio, *Epístolas,* 2.1.70. El centauro Quirón fue preceptor de Aquiles y otros héroes, como Jasón, Acteón y Aslepio; cf. Cristóbal, pág. 349.

17 Aquiles era nieto de Éaco, padre de Peleo. Ovidio juega con la ambigüedad de la personificación o no del Amor. En la antigüedad las personificaciones de abstractos estaban mucho más extendidas que en nuestro tiempo.

18 Aquiles era hijo de Tetis, y Amor, de Venus; cf. Pianezzola 1991, pág. 188.

21-22 Los atributos de Cupido/Amor son el arco, las flechas y la antorcha ardiendo; cf. Pianezzola 1991, págs. 188-189.

23-24 Dos tópicos amatorios aparecen aquí: la herida de amor *(vulnus amoris)* y el fuego del amor *(flamma amoris).*

25-28 Ovidio niega la inspiración divina de Apolo, de la mántica y de las Musas; léase una discusión más extensa en Hollis 1977, págs. 34-36; W. Suerbaum, «Ovid über seine Inspiration (Zu *Ars am.* I 26)», *Hermes* 93, 1965, 491-496; A. La Penna, «*L'usus* contro Apollo e le Muse. Nota a Ovidio, *Ars ama.,* 1, 25-30», *Annali della Scuola Normale Supriore di Pisa,* 9, 1979, 985-997; *Pianezzola* 1991, págs. 189-190.

27-28 Clío y sus hermanas las Musas se aparecieron e inspiraron a Hesíodo, natural de Ascra, en las faldas del monte Helicón; cf. *Teogonía,* 22-34.

30 La invocación a Venus, madre del Amor, sigue la tradición poética de invocar a la divinidad protectora del arte en cuestión, en este caso, el amor; cf. *Arte de amar,* 2.15.

31-32 Las cintas *(vittae),* que sujetaban el cabello, eran el distintivo de las mujeres libres. Los volantes y la orla *(instita)* se reservaban a las casadas nobles *(matronae)* y estaban prohibidas a las meretrices y a las libertas; cf. Tibulo, 1.6.67-68. Ovidio intenta ponerse a salvo de las consecuencias de escribir un libro contra la *Lex Iulia de adulteriis coercendis,* por la que se imponían penas muy fuertes a quien cometiera adulterio. Al final,

Ovidio pagó con el destierro su osadía de escritor; cf. *Tristia,* 2.212, 247-250 y 346; Hollis, pág. 37-38; Cristóbal, págs. 350-351; González, pág. 369; Arcaz, pág. 63.

33-34 Alusión a aventuras y relaciones permitidas con cortesanas y con libertas o hijas de libertas; cf. Horacio, *Sátiras,* 1.2.47-48 y 1.4.113.

Plan de la obra (35-40)

El poeta resume el contenido general de la obra, que en origen estaba diseñada para dos libros (luego añadió un tercero para uso de las mujeres): I: vv. 35-36 Cómo encontrar a la amada (íd. 1.41-262); II: v. 37 Cómo ganar sus favores (íd. vv. 1.263-770); y III: v. 38 Cómo conservar su amor (íd. libro 2); cf. Hollis, pág. 39.

36 Es el motivo de la milicia de amor *(militia amoris),* por el que el enamorado se compara a un soldado que debe estar al servicio de su amada; cf. *Amores* 1.9 y Ramírez de Verger *(Amores),* págs. 139-140; Arcaz, pág. 63.

39-40 La metáfora se refiere a las carreras de carros tomadas como semejanza del ir y venir de los versos. Desde la raya de salida, los carros recorrían su camino dando vueltas a una tapia central o *spina* rematada por un poste de giro o *meta* del que había que pasar muy cerca para ganarle espacio al contrario; cf. Ramírez de Verger-Socas 1995, pág. 5; Arcaz, pág. 64.

Elección de la amada (41-66)

Ante todo, hay que en encontrar una amada en Roma, sin que haya necesidad de buscarla en el extranjero.

42 Es la típica declaración de amor en la poesía elegíaca, cf. Propercio, *Elegías,* 2.7.19; Tibulo, 4.13 (íd. 3.19).3.

45-48 La caza y la pesca se utilizan como metáforas en la conquista amorosa; cf. P. Murgatroyd, «Amatory hunting, fishing and fowling», *Latomus* 43, 1984, 362-368.

53 Sobre el mito de Perseo y Andrómeda, léase *Metamorfosis* 4.670-764 y Ramírez de Verger *(Metam.),* págs. 493-494.

54 La joven griega es Helena, la heroína raptada por Paris, el héroe frigio

57 Gárgaro se refiere probablemente a la localidad al pie del monte del mismo nombre en la fértil llanura de la Tróade. Metimna es una ciudad de la isla de Lesbos, famosa por sus vides; cf. Propercio, 4.8.38.

60 Venus también era madre de Eneas, de cuya descendencia procedía Augusto y la casa Julia.

65 Sobre las mujeres maduras, léase su elogio en el libro 2.663-702.

Lugares de encuentro (67-262)

El poeta hace un recorrido por los lugares de Roma, donde era fácil encontrar a mujeres para cortejarlas: paseos, lugares de culto, foros y tribunales, el teatro, el circo, los espectáculos y las fiestas, como las naumaquias, los desfiles triunfales y los banquetes.

Pórticos, templos, el foro (67-88)

67 Alusión al Pórtico de Pompeyo, que junto al teatro del mismo nombre formaban un complejo monumental cerca del Campo de Marte. El teatro y el pórtico fueron construidos por Pompeyo en el año 55 a. C. Cf. Catulo, 55, 6-7; Propercio, 4.8.75; Marcial, 11.47.3.

68 El Sol entra en la constelación de Leo, en la que se convirtió el león de Nemea muerto a manos de Hércules, sobre el 23 de julio; cf. González, pág. 372.

69-70 Referencias al teatro de Marcelo, inaugurado el 13 a. C., y al Pórtico de Octavia, construido después del 27 a. C. y antes de la prematura muerte del joven Marcelo, nieto de Augusto, ocurrida en el 23 a. C.; cf. 3.391 y 394.

71-72 Se trata del Pórtico de Livia, inaugurado el 7 a. C. en honor de Livia Drusila, esposa de Augusto desde el 38 a. C. Cf. 3.391; *Fastos,* 6.639-648. Los pórticos o paseos públicos se adornaban con estatuas y pinturas; cf. Plinio el Viejo, *Historia natural,* 35.114 y 36.24.

73-74 Alusión al pórtico cercano al templo de Apolo Palatino, inaugurado el 9 de octubre del 28 a. C. El complejo, obra favorita de Augusto, estaba dotado de una espléndida Biblioteca con fondos griegos y latinos; cf. Suetonio, *Augusto,* 29.4. El templo estaba rodeado por un pórtico embellecido por las cincuenta estatuas de las hijas de Dánao; cf. *Amores,* 2.2.3-4; *Tristia,* 3.1.61-62; Propercio, 2.31. Belo fue el padre de Dánao y Egipto. Los cincuenta hijos de Egipto llegaron a Grecia y se casaron con sus cincuenta primas, las hijas de Dánao, quienes dieron muerte (excepto Hipermestra) a sus maridos la noche de bodas con la ayuda de su padre; léase a Esquilo, *Las suplicantes;* Lucrecio, 3.1008 y ss.; Horacio, *Odas,* 3.2.25 y ss.; Virgilio, *Eneida,* 10.496 y ss.; Ovidio, *Cartas de las heroínas,* 14 *(Hipermestra a Linceo).* Cf. Pianezzola, págs. 195-196.

75 Adonis era hijo de Mirra y su padre Cíniras; cf. v. 512 y *Metamorfosis,* 10.298-559, 708-739 y Ramírez de Verger *(Metam.),* págs. 526-529. A su muerte Venus instauró los festivales de Adonis, denominados *Adonia,* a los que acudían especialmente las cortesanas; cf. Teócrito, *Idilios,* 15; Alcifrón, *Cartas,* 1.39; *Antología griega,* 5.53 y 193 (Dioscórides) con el comentario de G. Galán Vioque, *Dioscórides: Epigramas,* Universidad de Huelva, 1991, págs. 46-47 y 148-157; Arcaz, pág. 66.

76 Existía en Roma una pujante comunidad de judíos, procedentes de Siria, Mesopotamia y Palestina, que observaban el Sabbath; cf. 413-6; *Remedios,* 219-220; Hollis, 47; Pianezzola, 197.

77-78 Isis, la diosa, cuyos devotos vestían ropa de lino, se identifica en Roma con Ío, amada por Júpiter y transformada en novilla por los celos que produjo en Juno, la esposa de Júpiter; cf. *Metamorfosis,* 1.568-688 y 713-749 y Ramírez de Verger *(Metam.),* págs. 470-472.

79-82 Nos encontraríamos en el *Forum Iulium,* donde se alzaba la fuente de las Apiades, cerca del templo de Venus Genetrix. Allí se albergaba la estatua de oro de Venus, obra del escultor Arcesilao de Cirene. Ambas obras públicas fueron inauguradas en el año 46 a. C., aunque mejoradas más tarde por Augusto; cf. Vitruvio, 3.2.2; Hollis, pág. 49.

79 Ovidio se refiere probablemente con el plural *fora* a los tres foros de Roma: el foro Romano, el foro Julio y el foro de Augusto. Eran lugares apropiados para el mercado, los negocios y la impartición de la justicia.

80 Se trata de la llama que simboliza la pasión amorosa («fuego del amor» o *ignis/flamma amoris).*

87 Es el templo de Venus Genetrix citado en los versos 81-82; cf. González, pág. 375.

89-100 Léase a J. F. Miller, «Meter, matter, and manner in Ovid, *Ars amatoria* 1.89-100», *Classical World* 90, 1997, 333-339.

El teatro: el rapto de las sabinas (89-134)

Ovidio presenta al teatro como un lugar privilegiado para la caza amorosa (vv. 89-100) y lo adorna con un simpático *aition* o leyenda etiológica (la famosa leyenda sobre el rapto de las sabinas) para mostrar las asechanzas que pueden reservarse a las mujeres bellas (vv. 101-134).

Cf. F. Hueffmeier, «Ovid als Meister der Form», *Das Altertum* 16, 1970, 49-55.

93-96 Las comparaciones con las hormigas y las abejas, tomadas de Virgilio *(Eneida,* 4.402-407 y *Geórgicas,* 4.162-169 íd. *Eneida,* 1.430-436), sirven para ilustrar la agitada afluencia de mujeres muy acicaladas a los teatros; cf. Pianezzola 1991, págs. 199-200.

101-134 El relato etiológico, al modo de Calímaco o Propercio, sirve como intermedio narrativo en el marco de una obra didáctica; cf. Tito Livio, 1.9; J. E. G. Withehorne, «Ovid, A. A. 1.101-132, and soldiers' marriage», *Liverpool Classical Monthly* 4, 1978, 157-158.

101 Tópico del *inventor* de algo; en este caso, se aplica a Rómulo, como el promotor del rapto en espectáculos teatrales.

103 Alusión al teatro de piedra de Pompeyo, el primer teatro permanente de Roma, inaugurado en el año 55 a. C. Cf. *Amores,* 2.7.3; Pianezzola, 201-202.

104 En el teatro romano eran usuales las aspersiones de esencia de azafrán para perfumar el lugar; cf. Montero, pág. 44.

108 Para protegerse del sol.

111-112 Según Tito Livio (7.2.4), el teatro fue introducido en Roma desde Etruria como rito propiciatorio contra una epidemia de peste; cf. Pianezzola, 202-203; Arcaz, págs. 67-68.

113 Parece que en época de Ovidio existía una especie de claque; cf. Suetonio, *Nerón,* 20; González, pág. 377.

117-118 Los símiles se inspiran en Homero *(Ilíada,* 22.139-140) y Teócrito *(Idilios,* 11.24); cf. J. S. C. Eidinow, «A note on Ovid *Ars amatoria* 1.117-119», *American Journal of Philology* 114, 1993, 413-417.

131-132 Ovidio, al pretender ser un soldado de Rómulo, fundador de Roma, pero también promotor de la unión de latinos con mujeres sabinas, podría veladamente estar criticando la política puritana de reforma de las costumbres de Augusto.

El hipódromo (133-162)

El Circo, en el sentido moderno de hipódromo, como lugar de posibles encuentros amorosos, fue tratado por nuestro poeta en el largo monólogo de *Amores,* 3.2; cf. Ramírez de Verger *(Amores),* págs. 183-184.

Cf. E. Thomas, «Ovid at the Races: *Amores* 3,2 and *Ars amatoria* 1,135-164», en J. Bibavw, ed., *Hommages à M. Renard,* Bruselas, 1969, págs. 710-724; K. Jäger, *«Crambe repetita?* Ovid, *Amores* 3,2 und *Ars* 1,135-162», en E. Zinn, ed., *Ovids Ars amatoria und Remedia amoris. Untersuchungen zum Aufblau,* Stuttgart, 1970, págs. 51-60; Sabot, 1976, págs. 359-365; S. Merkle, «Amores 3,2 und Ars amatoria 1,135-162- Ein Selbstplagiat?», *Ziva Antiqua* 33,2, 1983, 135-145.

136 El término «gratificaciones» *(commoda)* está tomado en sentido erótico; cf. González, pág. 379.

137-138 Se alude a las señales secretas entre enamorados, que se valían de los dedos y movimientos de la cabeza para comunicarse secretamente entre ellos; cf. 1.569-574.

147 Antes de las carreras se celebraba un desfile *(pompa)* de carros que procesionaban a estatuas de los dioses; cf. *Amores,* 3.2.43-64.

Combates en el foro (163-170)

Los combates de gladiadores gozaban en Roma de una larga tradición, documentada desde el año 264 a. C. Se celebraban en el Foro Boario y en el Foro Romano y, más tarde, en los anfiteatros, como el Anfiteatro Flavio o Coliseo de Roma. En tiempos de Ovidio todavía se hacían exhibiciones en el foro.

165 Cupido.

167 En el programa se podría leer el nombre de los luchadores; cf. Cicerón, *Filípicas,* 2.97; Cristóbal, pág. 357.

168 Las apuestas eran frecuentes; cf. Marcial, 11.1.5; Juvenal, 11.201.

169 Metáfora amatoria de la herida del amor *(vulnus amoris),* producida por la flecha voladora de Cupido.

Las naumaquias (171-176)

Augusto hizo representar la célebre batalla naval de Salamina en el año 2 a. C. para celebrar la inauguración del templo de Marte «Vengador»; cf. Augusto, *Res gestae,* 23; González, pág. 381; Cristóbal, pág. 358.

171-172 La batalla de Salamina, donde los griegos derrotaron a los persas, tuvo lugar en septiembre del año 480 a. C.

176 Metáfora amatoria del «tormento de amor» *(tormentum amoris).*

Desfiles triunfales (177-228)

Ovidio anticipa el triunfo en Oriente de Gayo César, nieto e hijo adoptivo de Augusto. Se distribuye así: *a)* anuncio y objetivos de la expedición (vv. 177-180); *b)* alabanza de la juventud de G. César mediante ejemplos míticos (vv. 181-194); *c)* guerra justa (vv. 195-202); *d)* despedida y buenos augurios en forma de *propemptikón* (vv. 203-212), y *e)* victoria y triunfo (vv. 213-228).

179 Marco Licinio Craso y su hijo Publio murieron a manos de los partos en la batalla de Carras en el año 53 a. C. Las enseñas, arrebatadas por los partos, fueron recuperadas por Augusto en el año 20 a. C.

181 Gayo César, nacido en el 20 a. C., tenía 20 años. La juventud comenzaba para los romanos a los 17 años. No era, pues, un niño, como quiere exagerar Ovidio; cf. Montero, pág. 47.

183-186 Ovidio justifica el rango máximo de un Gayo César tan joven en la excepcionalidad de la familia julia, cuyo carácter divino procedía del hecho de que Augusto era hijo del divino César, que había sido divinizado después de su muerte.

184 Con el término «Césares» se alude a los jóvenes Gayo y Lucio y al mismo Augusto.

185 Tópico del «niño-anciano» *(puer-senex),* por el que se alaba la sabiduría anticipada del joven Gayo.

187-188 Hércules, tebano de nacimiento y tirintio de adopción, mató a dos serpientes que Juno lanzó contra él cuando todavía estaba en la cuna; cf. Teócrito, *Idilios,* 24; Cristóbal, pág. 359; Arcaz, págs. 71-72.

190 Baco conquistó la India con las armas y con su poder divino; cf. Montero, pág. 47.

194 Gayo y Lucio fueron nombrados «príncipes de la juventud», título que se confería a los hijos de los emperadores.

195 Los hermanos eran Lucio y Agripa Póstumo, hijos de Julia y Agripa.

198 Fraataces, hostil a Roma, asumió el trono contra la voluntad de su padre, Fraates IV, que deseaba dejarlo a otro hermano educado en Roma;

cf. A. S. Hollis, «Ovid, AA. I 197-8: the Wrong Phraates?», *Classical Review* 20, 1970, 141-142.

203 Marte, dios de la guerra, y Augusto, futuro dios y padre de la patria; cf. Montero, pág. 48.

205-206 Sería un poema de bienvenida o *epibaterion.*

211 Los partos solían fingir una huida para atraer al enemigo.

212-218 Descripción de un desfile triunfal, como el que se relata en *Amores,* 1.2.23-48; Ramírez de Verger *(Amores),* págs. 125-127.

219-220 En los desfiles triunfales se llevaban representaciones de las batallas entabladas y de las ciudades vencidas; también se portaban las armas y el botín de los vencidos; cf. Montero, pág. 48.

224 Se acostumbraba a representar a los ríos con el aspecto de ancianos de barba blanca y largos cabellos; cf. Arcaz, pág. 74.

225 El nombre de Persia procede de Perses, un hijo de Perseo (hijo a su vez de Dánae) y Andrómeda; cf. Heródoto, 7.61.3.

Los banquetes (229-252)

El banquete era un lugar ideal para buscar aventuras de amor: el vino y el ambiente ayuda a ello. Baco y Cupido rivalizan por atraer a jóvenes a las redes del amor. Cf. *Cartas de las heroínas,* 16 *(Paris a Helena),* 217-30; 17 *(Helena a Paris),* 77-95.

231 El adjetivo «purpúreo» denota la lozanía de la juventud, la edad apropiada para el amor.

232 Se figuraba a veces a Baco con cuernos, símbolo de fuerza; cf. *Fastos,* 3.789; *Metamorfosis,* 4.19; Cristóbal, pág. 345; González, pág. 389.

237 El vino asociado al amor es un motivo de la literatura griega y latina; cf. Baquílides, fr. 20 B Snell; Calímaco, *Epigramas,* 42.3 Pfeiffer; Propercio, 1.3.13-4

241 Recuérdese el dicho *in vino veritas;* cf. Teognis, 500 West: «El vino desvela la mente del hombre».

246 Cf. 3.751-754.

248 Paris actuó de juez en el certamen de belleza entre Juno, Minerva y Venus. Otorgó el premio a Venus, que le recompensó con la griega Helena, esposa de Menelao, hecho que desencadenó la guerra de Troya.

251-252 Ovidio trata el físico femenino como si fuera una mercancía preciosa. Es otra época y otros los valores.

La playa o la montaña: Bayas o Aricia (253-262)

Bayas era un balneario con aguas termales, situada entre Pozzuoli y Miseno. Autores latinos la criticaron como un lugar de perdición y de vida disoluta; cf. Cicerón, *Pro Caelio,* 27 y 49; Propercio, 1.11.27-30; Séneca, *Cartas,* 51; Marcial, 1.62; Pianezzola, 219.

259 Las mujeres acudían al templo de Diana de los bosques o *Nemorensis* cerca de Ariccia, porque la diosa favorecía la procreación; cf. Cristóbal, pág. 362; Arcaz, págs. 75-76.

260 En Aricia el pontificado lo alcanzaba el vencedor de todos los aspirantes; cf. Montero, pág. 50.

262 Las heridas son las del amor *(vulnera amoris).*

Parte II: Cómo conseguir el amor de la amada (263-770)

Introducción (263-268)

El poeta concluye la parte dedicada a encontrar a la amada (vv. 41-262: *inventio)* para pasar a la conquista de la mujer elegida. Es el asunto del resto del libro.

263 Talía, musa de la comedia y de la poesía ligera, inspira al poeta para que conduzca el carro de la poesía elegíaca en ruedas desiguales, es decir, llevado sobre ruedas desiguales como el dístico elegíaco (hexámetro y pentámetro elegíacos) con el fin de enseñar a la gente a conquistar a la mujer seleccionada; cf. Arcaz, pág. 76.

Todas las mujeres pueden ser conquistadas (269-350)

Ovidio desarrolla un discurso de persuasión *(suasoria)* para demostrar que la pasión amorosa del hombre no es tan fuerte como la de la mujer: *a)* vv. 281-282 *propositio*; *b)* vv. 283-340 *tractatio* (catálogo de diez ejemplos mitológicos); *c)* vv. 341-342 *conclusio*. Cf. Propercio, 3.19; Pianezzola, 223.

270 Motivo de las «redes del amor» *(retia amoris),* cf. comentario a los versos 45-48.

271-273 Tres «imposibles» *(adynata o impossibilia)* confirman la verdad de que ninguna mujer, tratada cariñosamente, rechaza a un hombre; cf. E. Dutoit, *Le thème de l'adynaton dans la poésie antique,* París, 1936; Cristóbal, pág. 363.

272 El Ménalo es una montaña de Arcadia en Grecia, famosa por los perros que allí se criaban.

283-284 Primer ejemplo: leyenda del amor de Biblis por su hermano Cauno; cf. *Metamorfosis,* 9.450-665, y Ramírez de Verger *(Metam.),* págs. 521-522.

285-288 Segundo ejemplo: leyenda de los amores de Mirra hacia su padre Cíniras; cf. *Metamorfosis,* 10.298-502, y Ramírez de Verger *(Metam.),* págs. 526-528; Arcaz, pág. 79.

289-326 Tercer ejemplo: el monstruoso amor de Pasífae, reina de Creta, con un toro, de cuya unión nació el Minotauro; cf. J. M. *Frécaut,* «L'épisode de Pasiphae dans l'Art d'aimer d'Ovide (1,289-326)». *Caesarodunum* 17 bis, 1982, 17-30.

289 El Ida es un monte de Creta, homónimo de otro en la Tróade.

293 Son ciudades de Creta.

298 La fama de mentirosos de los cretenses se hizo proverbial en la antigüedad, cf. A. Otto, *Die Sprichwörter und sprichwörtlichen Redensarten der Römer,* Hildesheim, 1971 (íd. 1890), pág. 98; Cristóbal, pág. 331.

312 El dios es Baco, a quien sirven poseídas las Bacantes. Aonia es el nombre de Beocia, donde nació la madre de Baco, Sémele.

323 Europa, hija de Agénor, fue raptada por Júpiter en forma de toro; cf. *Metamorfosis,* 2.833-875 y Ramírez de Verger *(Metam.),* pág. 479. Sobre Ío, léase el comentario a los versos 77-78.

326 Nació el Minotauro, monstruo híbrido entre toro y hombre, y fue encerrado en el Laberinto construido por Dédalo en la isla de Creta; cf. 2.23-24; Montero, pág. 52; Arcaz, pág. 79.

327-330 Cuarto ejemplo: Aérope, esposa de Atreo y madre de Agamenón y Menelao, se unió adúlteramente con su cuñado Tiestes. Atreo mató a los hijos de Tiestes y se los sirvió en un banquete. El Sol, horrorizado ante tamaño crimen, desvió su carrera para ocultarse; cf. Montero, pág. 53; Cristóbal, págs. 365-366; Arcaz, pág. 79-80.

331-332 Quinto ejemplo: Escila traicionó a su padre Niso, rey de Megara, por amor a Minos; cf. *Metamorfosis,* 8.6-154 y Ramírez de Verger *(Metam.),* págs. 512-513. El verso 332 alude a la Escila que fue transformada en monstruo marino por los celos de la maga Circe; cf. *Metamorfosis,* 13.898-14.74 y Ramírez de Verger *(Metam.),* pág. 542. La contaminación de las dos Escilas aparece también en Virgilio, *Bucólicas,* 6.74-75 y *Amores,* 3.12.21-22; cf. Arcaz, pág. 80.

333-334 Sexto ejemplo: Clitemnestra y su amante Egisto dieron muerte a Agamenón a su regreso victorioso de Troya; cf. Propercio, 3.19.19-20; Montero, pág. 53.

335-336 Séptimo ejemplo: Medea se vengó del abandono de su esposo Jasón por Creúsa matando a ésta y a los hijos que tuvo de su marido; cf. Eurípides, *Medea,* 1156-1203.

337 Octavo ejemplo: Amíntor mató a su hijo Fénix acusado por la amante de su padre de haberla seducido; cf. Apolodoro, *Biblioteca,* 3.13.8; Homero, *Ilíada,* 9.448-480 con una versión diferente; cf. Cristóbal, pág. 366.

338 Noveno ejemplo: muerte de Hipólito tras huir de las maldiciones de su padre al enterarse de las acusaciones de su esposa Fedra, que lo acusó falsamente de abusar de ella. Cf. Eurípides, *Hipólito*; Ovidio, *Cartas de las heroínas,* 4 *(Fedra a Hipólito)*; *Metamorfosis,* 15.479-546 y Ramírez de Verger *(Metam.),* pág. 549; Séneca, *Fedra*; Cristóbal, pág. 366.

339-340 Décimo ejemplo (tema Putifar): Fineo saca los ojos a sus dos hijos acusados falsamente de haber abusado de su madrastra Idea; los Boréadas, hermanos de la madre, vengaron a los hijos cegando al padre; cf. Apolodoro, *Biblioteca,* 1.9.21; Arcaz, pág. 81.

341-342 Se recoge en la conclusión la misma idea del principio de la *suasoria* (vv. 281-292) a modo de construcción anular.

349-350 Son proverbios (cf. Otto, págs. 13-15) que desarrollan la idea de que siempre es más apetecible lo ajeno; cf. Horacio, *Sátiras,* 1.1.110; Hollis, 99.

Buenas relaciones con la criada (351-398)

El personaje de la criada proviene de la comedia y la elegía. Recuérdese a Nape, la peluquera de Corina *(Amores,* 1.11 y 12), que hacía de mensajera y mediadora entre Corina y el poeta enamorado. El motivo de la «correveidile» es tradicional: 1.8.87-90, 2.7.8, 2.19.41, 3.1.55-56; *Cartas de las heroínas (Acontio a Cidipe),* 20.133-134; *Arte de amar,* 1.351-398, 2.251-258 y 525-526, 3.470, 485, 607, 621-622, 665-666; Teócrito, *Idilios,* 2.94-102; Terencio, *El heautontimorúmenos,* 300-301; Meleagro, *Antología griega,* 5.182; Horacio, *Epístolas,* 1.13; Tibulo, 1.2.93-94; Propercio, 3.6; Aristéneto, *Cartas eróticas,* 1.22. A veces, la criada caía en las redes del amante de su señora. Es el caso de la Cipasis de *Amores* 2.7 y 8.

357 En el arte amatorio, como en la medicina y demás técnicas, lo más importante es encontrar el momento oportuno *(kairós)* para actuar. La idea será desarrollada más tarde en los versos 399-400.

364-365 Referencia a la conquista de Troya mediante la estratagema del caballo, regalo de los dioses; cf. Virgilio, *Eneida,* 2.237-238 y 6.515-516.

367 La esclava encargada del cabello de su señora *(ornatrix)* podía llegar a ser su confidente.

391-393 Metáfora de la caza y la pesca para la captura amorosa; cf. versos 45-48.

Los regalos (399-436)

El motivo de la amada codiciosa *(puella avara)* es propio de la diatriba y aparece frecuentemente en la comedia; cf. Plauto, *El truculento,* 51-77; N. Zagagi, *Tradition and Originality in Plautus,* Göttingen, 1980, págs. 118-131. La crítica a la codicia de la amada es frecuente en los elegíacos latinos: *Amores,* 1.8.55-70 y 87-94, 3.8; *Arte de amar,* 2.273-286; Tibulo, 1.4.57-58; 1.5.47-48; 1.9; 2.3.35-60; 2.4.13-20; Propercio, 1.8, 2.16, 2.23, 3.13, 4.5.

Cf. F. Navarro, «Amada codiciosa y edad de oro en los elegíacos latinos», *Habis* 22, 1991, 207-221; Sh. L. James, «The Economics of Roman Elegy: Voluntary Poverty, the *recusatio*, and the Greedy Girl», *American Journal of Philology* 122, 2001, 223-253.

401 La diosa Ceres personifica el trigo o, de manera más general, la semilla; cf. Arcaz, pág. 84.

405 La celebración del cumpleaños de la amada se convirtió en un motivo elegíaco, que incluso se celebraba poéticamente mediante una poesía de aniversario *(genethliacón),* como en Propercio, 3.10 en honor de Cintia. El cumpleaños de la amada *(dies natalis)* obligaba a los enamorados a agasajarla con regalos que nunca saciaban la avaricia de las amantes.

406 El mes de abril, dedicado a Venus, la diosa del amor, es el preferido por los enamorados, que lógicamente lo prefieren al mes de Marte (marzo), dios de la guerra. De todas formas, el amor no dista mucho de la guerra, como Venus no distaba de su amor con Marte; cf. Brandt, págs. 35-36.

407-408 En el Circo Máximo existía un mercado de estatuas de ocasión durante las fiestas de los *Sigillaria* (cf. Macrobio, *Saturnales,* 1.10.24). Allí se podían adquirir regalos de cumpleaños; cf. Cristóbal, pág. 369; González, pág. 403.

409 Las Pléyades señalan el inicio del invierno, estación de la quietud y el descanso de las faenas agrícolas. Sus nombres son Electra, Maya, Taígete, Alcíone, Celeno, Estérope y Mérope; cf. Cristóbal, pág. 370.

410 Con la constelación del Cabritillo a mitad de diciembre aparecía el mal tiempo; cf. Arcaz, pág. 84.

413-416 El aniversario de la derrota romana de Alia, que tuvo lugar junto al río del mismo nombre (afluente del Tíber) en el año 390 a. C., y el sábado hebraico se tenían por fechas «nefastas»; cf. *Remedios,* 219-220.

419-420 La avaricia de las mujeres y sus artes para esquilmar al pobre enamorado eran temas comunes de la comedia (cf. Plauto, *Truculento,* 13 y ss.), que pasaron después a la elegía amatoria, como en *Amores,* 1.8 y 10.

421 Eran vendedores ambulantes que iban de puerta a puerta enseñando sus mercancías; cf. Hollis, pág. 129. Tenían fama de corruptores de mujeres, cf. *Remedios,* 306; Pianezzola, 235-236.

428 Serían una especie de nuestros «pagarés».

435-436 Ovidio emplea en poesía didáctica-elegíaca el tópico épico de las «cien bocas» *(centum ora),* que se remonta a Homero, *Ilíada,* 2.488 y ss.; Virgilio, *Geórgicas,* 2.43-44 (íd. *Eneida,* 6.625-626).

Las cartas de amor (437-486)

Los billetes o notas de amor y las extensas cartas de amor gozaron de gran predicamenteo en la elegía latina; cf. Propercio, 4.3 (carta de Aretusa a Licotas) y las *Cartas de las heroínas* del mismo Ovidio. La tradición de una epistolografía erótica se mantuvo a lo largo de toda la antigüedad greco-latina; léase a R. Gallé, *Aristéneto, Cartas eróticas,* Madrid, 1999, págs. 19-41. Pianezzola (pág. 237) distribuye el pasaje en tres partes: *a)* vv. 439-458 contenido; *b)* vv. 459-468 estilo; y *c)* vv. 469-486 conocimiento de la psicología femenina.

437 Las tablillas de cera eran el material de escritorio habitual entre los romanos.

441 Léase el canto 24 de la *Ilíada* de Homero.

443-454 Es mejor prometer para mantener siempre despierto el interés de la amada.

457-458 Aconcio se enamoró a primera vista de Cidipe, joven de Delos, en las fiestas en honor de Diana. Para atarla mediante un juramento de amor, Aconcio grabó en una manzana las palabras «Juro por Ártemis que me casaré con Aconcio» y la dejó cerca de Cidipe, quien la recogió y leyó la palabra en alta voz, con lo cual quedó atada por un juramento de amor a Aconcio. Cidipe estaba prometida con otro, con quien nunca llegaba a casarse, porque siempre enfermaba. El oráculo de Apolo desveló a su padre la verdad y, por fin, se celebró una boda feliz entre los dos enamorados. Léanse las *Cartas de las heroínas,* 20 *(Aconcio a Cidipe)* y 21 *(Cidipe a Aconcio);* Calímaco, *Aitia,* 3, frags. 67-75 Pfeiffer; A. Ruiz de Elvira, *Mitología clásica,* Madrid, 1975, págs. 492-495.

459 Con «bellas artes», Ovidio se refiere aquí, de manera muy especial, a la elocuencia, que era el arte de hablar bien según la técnica oratoria, cuyo correcto aprendizaje exigía la dedicación de muchos años. El enamorado debe emplear sus dotes oratorias no sólo ante el pueblo (elocuencia demostrativa), el juez (elocuencia judicial) y el senado (elocuencia política), sino también ante la mujer a la que se quiere enamorar; cf. González, pág. 407.

463-468 El estilo de las cartas debe ser natural, no afectado y no debe parecerse a las declamaciones ficticias. Ovidio debió de conocer manuales de estilo, como el griego de Demetrio Falereo, del siglo IV o III a. C.; cf. Hollis, pág. 114.

469-486 Ovidio repasa todas las posibles reacciones de la mujer que recibe una carta de amor y la estrategia que debe seguir el hombre. Aquí nuestro poeta demuestra una vez más un profundo conocimiento de la psicología femenina, en la medida en que ello sea posible.

477 Penélope era el paradigma de la esposa fiel a su esposo Ulises, a quien esperó durante 20 años; cf. *Cartas de las heroínas,* 1 *(Penélope a Ulises).*

Encuentros (487-504)

A las misivas de amor han de seguir las maniobras de aproximación, cuando la amada es llevada en litera (vv. 487-490), cuando pasea (vv. 491-496) o cuando asiste al teatro (vv. 497-504).

488 La costumbre romana de cortejar a mujeres en litera la recuerda Marcial en *Epigramas,* 5.61.1-4: «¿Quién es ese de pelo corto que siempre, Mariano, está/ pegado a tu mujer? ¿Quién ese de pelo corto,/ que susurra no sé qué sobre el delicado oído de tu señora/ y oprime su asiento con el codo derecho?».

490 Alusión a las señales secretas entre enamorados; cf. *Amores,* 1.4 y Ramírez de Verger *(Amores),* págs. 128-30.

501-502 El mimo gozó de una gran aceptación en época de Augusto. El actor principal interpretaba danzando las diversas partes de un libreto que era declamado por otro actor *(praeco)* con acompañamiento musical de un grupo y un coro. Batilo de Alejandría y Pílades de Cilicia, libertos de Mecenas y de Augusto, respectivamente, destacaron como autores de pantomimas en esta época. Interesa recalcar aquí que la pantomima destacaba por lo licencioso y atrevido de sus temas. El mimo solía presentar como asunto habitual a una mujer, a su marido idiota y al amante, que usaba todas las estratagemas posibles para burlar al marido. Ovidio alude (cf. *Remedios,* 753-755) a esta situación en *Tristezas,* 2.497-500: «¿Y qué si hubiera escrito mimos que bromean con obscenidades, que siempre contienen el pecado de amores prohibidos, en los que continuamente aparece el adúltero acicalado y la astuta casada que engaña a su estúpido marido?». Cf. R. W. Reynolds, «The Adultery Mime», *Classical Quarterly* 40, 1946, 77-84; J. C. McKeown, «Augustan Elegy and Mime», *Proceedings of the Cambridge Philological Society* 205, 1979, 71-84; Hollis, pág. 116; Pianezzola, pág. 243.

504 Por *obsequium amoris* («pleitesía en el amor») se entendía que el enamorado debía plegarse a la voluntad de la amada.; cf. 2.199-202.

Aseo e higiene (505-524)

Ovidio aconseja un arreglo moderado del físico de los hombres, frente a los complejos arreglos de las mujeres. Lo contrario era criticado por Cicerón *(Sobre los deberes,* 1.130), o por Marcial, del que merece citar, como hace Hollis (pág. 117), el epigrama 3.63:

Cótilo, eres un dandi: muchos, Cótilo, lo dicen:
lo oigo, pero dime qué es un dandi.
«Un dandi es quien acicala ordenadamente sus rizados
cabellos, quien siempre huele a bálsamo, siempre a cinamomo;
quien tararea las canciones del Nilo y las gaditanas,
quien mueve los brazos depilados con ritmos variados;
quien durante todo el día entre sillas de mujeres
se sienta y siempre dice algo al oído;
quien lee las misivas de unos y otros y redacta las
contestaciones, quien rehúye los mantos del codo vecino;
quien conoce a la querida de cada cual, quien corre por los
banquetes, quien conoce bien a los antiguos abuelos de
Hirpino». ¿Qué estás contando? ¿Esto es, esto es, Cótilo, un
dandi? Qué cosa tan complicada es, Cótilo, un dandi.

507-508 Los sacerdotes castrados de Cibeles, la gran Madre, celebraban sus ritos orgiásticos en Frigia sobre el monte Ida, cf. Lucrecio, 2.610 y ss.; Catulo, 63; Ovidio, *Fasti*, 4.179 y ss.

509-512 A una declaración siguen varios ejemplos mitológicos didácticos: Ariadna y Teseo, Fedra e Hipólito y, por último, Venus y Adonis.

522 Perífrasis para aludir al mal olor del sobaco; cf. Catulo, 69 y 71; cf. Ramírez de Verger (Catulo), págs. 189-190; Arcaz, pág. 89.

Leyenda de Baco y Ariadna (525-564)

El dios Baco se presenta de improviso *(epifanía)* para remediar los males de amor en ayuda de Ariadna, locamente enamorada de Teseo que la abandonó en la isla desierta de Naxos. El modelo es el poema 64 de Catulo; cf. Ramírez de Verger (Catulo), págs. 176-181. La narración aparece también en las *Cartas de las heroínas*, 10 *(Ariadna a Teseo)* y en el *Fasti*, 3.459 y ss. El mito se remonta a Homero, *Odisea*, 11.321 y ss.

Cf. P. Murgatroyd, «Deception and double allusion in Ovid *A. A.* 1.527-564», *Mnemosyne* 47, 1994, 87-93.

528 Día es el nombre de una isla pequeña al norte de Creta. Calímaco la identificó con Naxos, donde tradicionalmente se sitúa el abandono de Ariadna.

536-537 Es el breve lamento de la heroína abandonada, que en Catulo se extendía a lo largo de 69 versos (64.132-201). Cf. N. P. Gross, *Amatory Persuasion in Antiquity*, Newark, 1985, págs. 69-123.

541-543 Se introduce el cortejo de Baco con las Bacantes, los sátiros y Sileno.

549-550 Baco es representado en la iconografía tradicional subido en un carro tirado por tigres o linces, como correspondía al conquistador de las regiones de Oriente, especialmente, la India; cf. Pianezzola, págs. 250-251.

553-554 Léase la nota filológica de A. Ramírez de Verger y A. García Herrera, «A Note on Ovid's *Ars amatoria* 1.553», *Mnemosyne* 47, 1994, 229-230.

557-558 Se alude a que la corona nupcial que le regaló Baco se convirtió en la constelación de la Corona, situada al este de Bootes y al norte de la Serpiente; f. Catulo, 66.59-61; Propercio, 3.17.7-8; *Fastos*, 3.459 y ss.; *Metamorfosis*, 8.177-182.

563 Se conjugan los dos gritos rituales del matrimonio (¡Himeneo!) y del éxtasis báquico (¡Evoé!). A Baco o Dioniso se le asignaban diferentes nombres: Nictelio, Líber, Iaco, Lieo, Bromio, Leneo, Niseo, Euhio, Euhau, Eleleo, Tioneo; cf. Ruiz de Elvira, *Mitología clásica*, págs. 177-178, Cristóbal, pág. 378; González, pág. 415.

Los banquetes y el vino (565-602)

Ovidio recuerda al enamorado la compostura que debe guardar en los banquetes donde el vino corría en abundancia. El vino y Baco, dios del mismo, sirven de nexo de unión entre el pasaje anterior y éste, que pertenece a toda una literatura tradicional simposíaca, que se remonta a Alceo (s. VII a. C.) y tiene en Roma a Horacio como su representante más genuino; cf. R. Nisbet y M. Hubbard, *A commentary on Horace, Odes Book I,* Oxford, 1999 (íd. 1970), págs. XV-XVI. Los banquetes se alargaban hasta la noche, pues en los postres se multiplicaban los temas de conversación y los brindis. Se podía terminar en una alegre ronda de amor por la ciudad.

567 Uno de los nombres de Baco, arriba citados.

569-578 Las señales secretas entre enamorados eran frecuentes en los banquetes. Peter Green *(The Erotic Poems,* Londres, 1982, pág. 272) ha sugerido la existencia de un código secreto de señales entre enamorados; cf. 2.5.15-20, 2.7.5-6, 3.11.23-24; *Cartas de las heroínas,* 16.258 *(Paris a Helena),* 17.75-90 *(Helena a Paris); Arte de amar,* 1.137-138, 489-490, 569-574, 2.543, 549, 3.514; *Metamorfosis,* 4.63, 3.460-463; *Fastos,* 1.418; *Tristezas,* 2.453-454 y nota de Luck *(Tristia,* Heidelberg, 1977, 145-146); Plauto, *La venta de los asnos,* 784; *El soldado fanfarrón,* 123; Terencio, *El castigador de sí mismo,* 372-373; Nevio, *Tarentilla,* 75 (Warminghton); Tibulo, 1.2.21-22, 1.6.19-20, 1.8.1-2; Propercio, 3.8.25-26. Cf. J. *Ovid, Amores II,* Warmisnter, 1991, pág. 119.

575-576 Beber en la copa de la amada como contacto indirecto se había convertido en un tópico simposíaco y amatorio; cf. *Amores,* 1.4.31-32; Juvenal, 5.127-129. Agatías el Escolástico (s. VI d. C.) nos ha dejado un fino epigrama sobre el mismo motivo que cito en traducción de M. Á. Márquez *(Epigramas eróticos griegos,* Madrid, 2001, pág. 118): «No soy un amante del vino, pero cuando quieras embriagarme/ después de haber probado tú antes, ofréceme la copa y yo/ la recibo. Si la has rozado con tus labios, permanecer sobrio/ ya no es fácil ni evitar al dulce copero./ Me traspasa la copa de tu boca el beso/ y me cuenta el favor que te debe».

579-588 Ovidio aconseja soportar amablemente al amante de la mujer que se quiere atraer; cf. 2.539 y ss. Se discute mucho sobre quién puede ser el «varón» *(vir)* citado en contextos similares. La mayor parte de los comentaristas creen que se trataría del marido de la mujer que se quiere ganar, otros hablan de amantes, más o menos oficiales, de mujeres que prestaban sus servicios a los hombres. A mí me parece que Ovidio habla tanto de mujeres casadas que tendrían aventuras extramatrimoniales como de meretrices de alto copete que alquilaban sus servicios por un tiempo determinado a hombres concretos, pero que también burlaban a esos hombres con servicios «ilegales» a otros.

581 Es decir, si bebes el primero por haber sido designado a suerte el rey del banquete con la función de dirigir la bebida, cédele dicho puesto a tu rival.

593 Euritión era un centauro, paradigma de la embriaguez y sus consecuencias negativas; cf. Homero, *Odisea,* 21.295-304; Cristóbal, pág. 379.

Primeras conversaciones con la amada (607-630)

Ovidio está convencido de que a las mujeres se les atrae, en primer lugar, por la palabra, sea sentida o fingida, especialmente la palabra aduladora de las virtudes de la mujer.

606 Cf. *Amores,* 1.4.16 y 55-58.

608 Se hizo proverbial la frase «la Fortuna ayuda a los valientes» *(fortes Fortuna iuvat);* cf. Otto, pág. 144.

621-622 Los cumplidos se inspiran en Catulo, 43.

625-630 Tres ejemplos mitológicos ilustran lo anterior: uno del mundo racional, el famoso juicio de Paris, en el que ganó Afrodita frente a Juno y Minerva; y dos del mundo animal, el pavo real y el caballo de carreras.

Promesas y juramentos (631-658)

Era un tópico amatorio el juramento de amor, al que los dioses hacen caso omiso. El lugar «clásico» en la literatura latina es Catulo, 70: «Mi amada dice que no preferiría para casarse a otro hombre/ que no fuera yo, ni aunque se lo pidiera el mismo Júpiter./ Lo dice, pero lo que una mujer dice a un amante apasionado/ hay que escribirlo en el viento y en el agua corriente». Cf. *Amores,* 2.1.19-20, 2.8.19-20; 2.16.43-46; 3.3; *Arte de amar,* 1.634-635; Lígdamo, 3.6.49-50. Cf. W. Shakespeare, *Romeo y Julieta,* 2.2.92-93: *You may'st prove false; at lovers' perjuries, they say, Jove laughs;* González, pág. 420.

Cf. A. Skiadas, «*Periuria amantum.* Zur Geschichte und Interpretation eines Motivs des augusteichen Liebesdichtung», en *Monumentum Chiloniense* (Festschrift für E. Burck), Amsterdam 1975, págs. 400-418; E. M., Ariemma, «Gli dei granati dell'impunità. Ovidio e il giuramento d'amore in Ars I, 631-646», en I. Gallo, P. Esposito, eds., *Ovidio. Da Roma all'Europa,* Napoli 1998, págs. 131-158; Ramírez de Verger *(Catulo),* págs. 189-190.

634 Éolo, el rey de todos los vientos.

635 Los juramentos que hacían los dioses por la Estige, el lago de los Infiernos, obligaba a su estricto cumplimiento, pero los asuntos del amor son otra cosa, como bien sabía Júpiter.

646 Motivo amatorio de las «redes del amor» *(retia amoris).*

647-652 El ejemplo legendario procede de Calímaco, *Aitia,* fragm. 44-46 Pfeiffer; cf. *Ibis,* 397 y ss. Busiris, rey de Egipto, llamó al adivino chipriota Frasio para que pusiera remedio a una larga sequía. El adivino aconsejó sacrificar cada año a un extranjero para aplacar a Júpiter. Frasio, extranjero, fue la primera víctima. Busiris acabó muriendo a manos de Hércules; cf. Montero, pág. 65.

653-654 Fálaris fue tirano de Agrigento durante los años 570-554 a. C.; cf. *Tristia,* 2.39-54. Perilo regaló a Fálaris un toro hueco de bronce para tostar dentro a sus enemigos. Fálaris le otorgó el honor de ser el primero en probarlo; cf. *Tristia,* 3.11.39 y ss.

Lágrimas y besos (659-680)

Ovidio continúa aconsejando seguir fingiendo con lágrimas y besos. Ovidio debió de conocer un tratado de Filénide, *Sobre los besos,* del que ha llegado muy poco hasta nosotros. Léase a M. Ingelmo y E. Montero, «Filénide en la literatura grecolatina», *Euphosyne* 18, 1990, 65-74. El tratamiento ofrecido por Ovidio choca con nuestra concepción moderna del amor en unos tiempos de toque feminista; cf., p. e., A. Richlin, «Reading Ovid's Rapes», en A. Richlein (ed.), *Pornography and Representation in Greece & Rome,* Oxford, 1992. No obstante, Ovidio, además de pertenecer a otra época y con otros códigos de conducta, está sugiriendo una dulce violencia, por decirlo de alguna manera.

662 El mismo consejo da Dipsas a la joven de *Amores,* 1.8.

679-680 Febe y su hermana Hilaíra, hijas de Leucipo, estaban prometidas a Ida y Linceo, hijos de Afareo, pero Cástor y Pólux las violaron y las hicieron sus esposas.

Leyenda de Aquiles y Deidamía (681-704)

Ovidio nos presenta una visión de Aquiles algo diferente de la homérica: ¡El valiente e invencible Aquiles ocultándose para no ir a la guerra de Troya! ¡Y, además, violando a una jovencita! El asunto fue tratado por Eurípides en una tragedia perdida, *Sciroi* (fragm. 880 Nauck) y en el *Epitalamio de Aquiles y Deidamía* atribuido a Bión de Borístenes del s. II-I a. C. La leyenda fue tratada después por el mismo Ovidio *(Metamorfosis,* 13.162-170) y por Estacio *(Aquileida,* 1).

Cf. Heyworth, S. J., «*Ars moratoria* (Ovid, *A. A.* 1.681-704)», *Liverpool Classical Monthly* 17, 1992, 59-61.

683-684 Venus, la vencedora en belleza sobre Juno y Minerva, había recompensado a Paris con Helena, esposa de Menelao, lo que produjo la guerra de Troya.

686 Helena ya estaba conviviendo con Paris en Troya.

691-696 Ovidio elabora un breve discurso de persuasión *(suasoria)* a través de tres apóstrofes interrogativos dirigidos al mismo Aquiles y una exhortación final; cf. Pianezzola, 263.

692 Palas Atenea era la diosa de la guerra, de la actividad intelectual y también del tejido y bordado femeninos; cf. Montero, pág. 67.

696 La lanza de Aquiles fue fabricada con madera del monte Pelio (cf. Homero, *Ilíada,* 16.141-143), de Tesalia en Grecia, igual que la nave Argos, la que condujo a los Argonautas a conquistar el vellocino de oro. El centauro Quirón regaló a Peleo una lanza de fresno, de propiedades curativas, y dos caballos inmortales, que a su vez él regaló a Aquiles; cf. Montero, pág. 67; Arcaz, pág. 98.

La iniciativa es del varón (705-722)

Ovidio trata dos formas de aproximarse a la mujer: *a)* vv. 705-714 que el hombre, no la mujer, sea el que solicite relaciones; *b)* vv. 715-722 ante un posible desdén, sé cauteloso y no vayas pregonando que sólo te interesa el sexo, sino la amistad.

717 ¡Eterna contradicción en el difícil juego del amor! Cf. Teócrito, *Idilios,* 6.17; Terencio, *Eunuco,* 812-813; Horacio, *Odas,* 1.33.10-12.

721 La juntura «he visto» o «yo lo he visto» es frecuente en la poesía didáctica y elegíaca; cf. *Remedios de amor,* 101; Tibulo, 1.4.33; Propercio, 1.13.14.

La palidez del enamorado (723-738)

En la antigüedad y hasta hace muy poco tiempo el color blanco era el color de los pudientes, del que no trabaja, y también era el color ideal de la belleza femenina. El color moreno era el propio de los que se dedicaban al trabajo, como el marino, el agricultor o el soldado. En cambio, el color pálido era propio de los enfermos y propio del que está aquejado de la enfermedad del amor, que, como canta tópicamente Leonard Cohen, es la única que no tiene cura. Con este color pálido el enamorado intenta conseguir la compasión de la amada. Sobre la palidez de los enamorados como síntoma de amor *(signum amoris),* cf. *Amores,* 1.6.5-6; 2.9.14; *Cartas de las heroínas (Cánace a Macareo),* 11.29-30; *Metamorfosis,* 11.793; Teócrito, *Idilios,* 2.89-90, 11.69, 14.3.

727 Los atletas victoriosos recibían de premio una corona de olivo, el árbol consagrado a Palas Atenea; cf. Arcaz, pág. 99.

731 Orión se casó con Side, quien fue lanzada por Hera (Juno) a los Infiernos por haber rivalizado con ella en belleza; cf. Cristóbal, pág. 385; Arcaz, pág. 99.

732 La muerte del pastor Dafnis fue cantada por Virgilio en la *Bucólica* 5; cf. Montero, pág. 68; Arcaz, pág. 99.

733 La delgadez era también un síntoma de amor *(signum amoris);* cf. Teócrito, *Idilios,* 2.89-90; *Amores,* 1.6.5; 2.9.14.

734 Cubrirse la cabeza era señal de dolor y pena. Los cabellos estaban brillantes por la costumbre de ungirlos con óleo; cf. Montero, pág. 68.

738 Todos los síntomas deben indicar sólo una cosa: ¡que estás enfermo de amor! La palidez, la delgadez, el silencio, los suspiros, etc., te ayudarán a que te reconozcan como una persona enamorada.

Cuidado con los amigos (739-754)

Ovidio está llegando al final del primer libro dedicado a los hombres. Pianezzola (pág. 267) interpreta acertadamente esta especie de *conclusio* con una queja *(conquestio)* y un aviso contra los más cercanos, porque en cuestiones de amor no hay que fiarse de nadie.

743 Alusión a Patroclo, fiel amigo de Aquiles.

744 Referencia a la amistad proverbial de Teseo, esposo de Fedra, y Pirítoo; cf. Cristóbal, pág. 389.

745 Alusión a la amistad entre Pílades y Orstes; cf. A. Ruiz de Elvira, «Orestes, Pílades e Ifigenia», *Cuadernos de Filología Clásica* 12, 1977, 47-58; Cristóbal, pág. 386.

746 Se trataba, pues, de un amor entre hermanos: Febo o Apolo y Palas, Cástor y Helena.

747-748 Son lógicamente «imposibles» *(adynata o impossibilia);* cf. *Metamorfosis,* 1.111.

749-754 Hay ecos de la edad de Hierro, donde aparecieron todos los males posibles, como el engaño, la traición, la avaricia y la desconfianza entre todos; cf. *Metamorfosis,* 1.127-150 y Ramírez de Verger *(Metam.),* págs. 463-464.

Mil caracteres y mil adaptaciones (755-770)

Aunque Ovidio ha dado consejos al hombre para el cortejo de la mujer, al final el poeta, maestro de amores *(magister amorum),* no tiene más remedio que reconocer que el mejor consejo es el de adaptarse a la mujer elegida.

761 Proteo, dios marino hijo de Posidón, era capaz de transformarse en animal o elemento de la naturaleza (león, pantera, serpiente, agua, arena, fuego, tigre, toro, piedra, agua, árbol, jabalí, etc.). Aquí tiene el valor simbólico de la flexibilidad y ductilidad necesaria para adaptarse a las diferentes formas de ser de las mujeres.

Epílogo (771-772)

Ovidio anuncia la continuación de la obra, pero se promete por ahora un pequeño descanso.

772 Ovidio se vale de la metáfora de la nave de la poesía para mostrar que el final del libro es como la llegada feliz a puerto.

Libro segundo

Proemio: Himno triunfal (1-20)

El exordio programático del libro segundo se distribuye en *a)* vv. 1-8: alegría por el éxito obtenido en el libro I (conquista de la amada); *b)* vv. 9-14: introducción de la nueva materia (mantener el amor de la amada conquistada); *c)* vv. 15-6: invocación a las divinidades protectoras; y *d)* vv. 17-20: dificultad de retener al dios Amor.

1 La exclamación triunfal de *¡oh Peán!* está dedicada a Apolo, identificado con Peón, médico de los dioses; cf. Homero, *Ilíada*, 5.401; Montero, pág. 71. El tema del triunfo en el amor es frecuente en los poetas elegíacos; cf., p. e., *Amores,* 1.2; 2.12; *Arte de amar,* 1.213-228; Ramírez de Verger *(Amores),* págs. 125-126; G. Galán Vioque, «El motivo literario del triunfo en Marcial», *Cuadernos de Filología Clásica (Estudios latinos)* 11, 1996, 33-45.

2 Sobre el tópico de las «redes del amor» *(retia amoris),* cf. 1.45-50, 392 y 3.554.

4 Homero, procedente de Esmirna en Meonia, y Hesíodo, originario de Ascra en Beocia, son los poetas que mejor representan la poesía épica y la poesía didáctica. Cf. *Amores*, 1.15.9; *Remedios,* 373; *Tristezas,* 1.6.21.

5-8 Ejemplos de dos amantes victoriosos: Paris sobre Helena y Pélope sobre Hipodamía, quienes son aludidos por Ovidio mediante perífrasis cultas.

5-6 Cf. I. Maruzzino, «L'impari sfida amorosa (nota a Ov. *Ars* II 5-6)», en *Classità, medioevo e umanesimo. Studi in onore di Salvatore Monti,* Nápoles, 1996, 125-134.

5 Amiclas, ciudad al sudeste de Esparta, pasaba por ser una posesión de Menelao, esposo de Helena. Allí se alojó como huésped Paris, que acabó raptando a Helena en ausencia de Menelao; cf. Homero, *Ilíada,* 2.584; Arcaz, pág. 102.

7 Pélope, hijo de Tántalo, tuvo que enfrentarse y vencer a Enómao en una carrera de carros para conquistar a su hija Hipodamía.

9-10 La metáfora de la navegación se aplica tanto al amor como a la composición poética. Ovidio la aplica aquí a ambos asuntos; cf. G. Laguna, «El texto de Ovidio, *Amores* II 10, 9 y el tópico del *navigium amoris», Emerita* 57, 1989, 309-315.

15-16 Citera, isla al sur de Laconia, es la patria tradicional de Venus; cf. Hesíodo, *Teogonía,* 190 y ss. La musa Érato, hija de Zeus y Mnemósine, representaban a la danza y a la poesía amorosa. El mismo Ovidio explica su nombre, que procede del griego *epân,* «amar»; cf. González, pág. 432.

19 Cupido es representado tradicionalmente con alas; cf. 1.233, 2.98.

Mito de Dédalo e Ícaro (21-98)

Ovidio ejemplifica la dificultad de poner límites al amor con la leyenda de Dédalo e Ícaro, pero, en realidad, se trata de un *excursus* sobre el arte *(ars)* y el artista *(artifex).* El mito se encuentra también ampliamente narrado en *Metamorfosis,* 8.183-235; cf. Ramírez de Verger *(Metam.),* págs. 513-514; P. Green, «The Flight-Plan of Daedalus», *Échos du monde classique* 23, 1979, 30-35.

23-24 Pasífae, esposa de Minos, parió al Minotauro, fruto de su unión con un toro. Minos ordenó a Dédalo que construyera el Laberinto para encerrar al Minotauro allí; cf. 1.289-326.

41 El Estige es un río de los Infiernos, símbolo de lo inalcanzable, pues de él nadie puede volver; cf. Montero, pág. 72.

42-44 La relación entre la naturaleza *(natura)* y la técnica *(ars)* es un tema antiguo y moderno. Pero la técnica, basada en la experiencia y empujada por la necesidad, es capaz de transformar la naturaleza a través del talento *(ingenium)*. Cf. 1.29, *Tristezas,* 5.1.27-28; Otto, págs. 268-269.

51 Metáforas náuticas para el raro artilugio del aire; cf. Cristóbal, pág. 391.

55-56 Son puntos fundamentales de referencia para la navegación: la constelación de Calisto, el Boyero y Orión; cf. Homero, *Ilíada,* 18.486-489; *Odisea,* 5.272-275; Virgilio, *Eneida,* 3.516-517; *Metamorfosis,* 8.206-207; Montero, pág. 73; Arcaz, págs. 104-105.

55 Como nos recuerda V. Cristóbal (pág. 392), la prohibición es parte del esquema de los cuentos populares. Si se quebranta lo prohibido, acude pronto y presta la desgracia. L a doncella de Tegea es la Osa Mayor que señala el norte.

56 Junto a la Osa Mayor está la constelación del Boyero. Orión es la constelación que aparece en el este.

79-84 Descripción del viaje aéreo mediante una enumeración de lugares famosos y evocadores del dios Apolo; cf. Montero, pág. 74; Cristóbal, pág. 393.

93-95 Los gritos desesperados de Dédalo llamando a su hijo Ícaro recuerdan los gritos rituales *(conclamatio)* a la muerte de un ser querido; cf. Baldo, 280.

97-98 El dístico, a modo de resumen, recoge la idea de los versos 17-20, con lo que la leyenda termina en una construcción anular.

Rechazo de la magia (99-107)

Ovidio rechaza la utilidad de la magia en el amor y lo intenta demostrar mediante los ejemplos de Jasón-Medea y Ulises-Circe. Sobre la magia en la poesía latina, léase a Tibulo, 1.8.17 y ss.; Propercio, 1.1.19 y ss., 2.4.7 y ss.; Ovidio, *Amores,* 1.8, 3.7.27-36; *Remedios,* 249-290; *Cosméticos,* 35-42; cf. A. M. Tupet, *La magie dans la poésie latine,* págs. 388-394 y «Rites magiques dans l'Antiquité romaine», *Aufstieg und Niedergang der römischen Welt* II 16, 3, Berlín-Nueva York, 1986, págs. 2591-2675.

99 Las artes de Hemonia son las artes mágicas, porque Hemonia era una región de Tesalia, la tierra de las magas por antonomasia; cf. Horacio, *Odas,* 1.27.21-22.

100 El *hippomanes* era un violento filtro amoroso, elaborado con flujos genitales de una yegua, que se podía recoger de la frente del potrillo al nacer; cf. Virgilio, *Eneida,* 4.515-516; A. M. Tupet, *La magie dans la poésie latine,* Lille, 1976, págs. 379-417; cf. González, pág. 439.

101 Medea, hija de Eetes, rey de Cólquide, está emparentada con Circe, la maga por excelencia en la antigüedad grecorromana.

102 Los *nenia* eran cantos mágicos, pero originariamente se empleaban como cantos fúnebres. El pueblo marso, establecido al este de Roma, era famoso por sus hechicerías y encantamientos; cf. Montero, pág. 75; Cristóbal, pág. 394.

Belleza física y elocuencia (107-144)

107 Para acabar con el apartado de la magia, Ovidio utiliza una fórmula ritual de execración *(sit procul omne nefas)* para apartar todo influjo negativo en su exposición didáctica sobre el amor.

109 Nireo, hijo de Caropo y Aglaya, era un guerrero griego de belleza proverbial; cf. Homero, *Ilíada,* 2.673-674; Otto, págs. 243-244.

110 Las Náyades son ninfas del agua. Hilas, joven de gran belleza y favorito de Hércules, le acompañó en el viaje de los argonautas en busca del vellocino de oro; cf. Apolonio de Rodas, *Argonáuticas,* 1.1207 y ss.; Teócrito, *Idilios,* 13; Propercio, 1.20.

112 No escapó a los antiguos hacer resaltar la importancia de la inteligencia y de la bondad humana por encima de la belleza física; cf., p. e., Terencio, *Heautontimorúmenos,* 381 y ss.; Propercio, 2.3.9 y ss.; Ovidio, *Cosméticos,* 43-44; *Arte de amar,* 1.459, 2.281, 3.311 y ss.; Baldo, pág. 284.

113-118 Tópico de la belleza como un bien fugaz; cf. 3.59 y ss.; *Cosméticos,* 45 y ss.; Salustio, *Conjuración de Catilina,* 1.4. El tema de la rosa como símbolo de juventud fue inmortalizado por el famoso *collige, virgo, rosas* de Ausonio en el s. IV d. C.; cf. González, pág. 441.

115-116 Cf. Teócrito, 23.28-32: «Es bella la rosa y el tiempo la seca; florece/ la viola vernal, pero se aja muy pronto; es precioso/ el encanto del mozo en sazón, pero corta es su vida» (trad. de M. Fernández Galiano).

118 La metáfora de la agricultura aparece ya en Virgilio *(Eneida,* 7.417), en Horacio *(Epodos,* 8.3-4) y en otros pasajes de Ovidio *(Cosméticos,* 46; *Arte de amar,* 3.73; *Cartas desde el Ponto,* 1.4.2).

121-122 Las bellas artes y el latín y el griego. No se concebía en Roma a una persona cultivada que ignorara el griego como segunda lengua, pues el griego era y es el fundamento de toda la literatura occidental.

123-142 Ovidio parece inspirarse en Homero *(Odisea,* 5.151 y ss.) y cn Propercio, 1.15.9 y ss. Nuestro poeta desarrolla el tópico retórico de la enamorada abandonada *(puella deserta)*; cf. A. R. Sharrock, *«Ars ama-*

toria 2.123-142: Another Homeric Scene in Ovid», *Mnemosyne* 40, 1987, 406-412.

123 La inteligencia y el «pico de oro», más que la belleza física, eran los atractivos de Ulises; cf. *Metamorfosis,* 13.1-383.

124 Se refiere a Circe y a Calipso, que se atormentaron por el amor *(tormentum amoris)* hacia Ulises.

130 Es Reso, rey de Tracia y aliado de Príamo, rey de Troya; cf. Homero, *Ilíada,* 10.435 y ss.

133-138 Se trata de una digresión sobre la llanura de Troya y los campamentos levantados allí. Los críticos ponen como modelo la descripción del templo de Cartago en Virgilio, *Eneida,* 1.469 y ss.; cf. Baldo, 287-288.

134 El río Símois, procedente de Tróade, pasaba por Troya, donde confluía con el Escamandro.

136 El troyano Dolón, espía de Héctor, reveló a Ulises y Diomedes los planes de los troyanos y la llegada del Reso para ayudar a Príamo, tras lo cual murió a manos de Diomedes. Homero cuenta todo en el libro 10 de la *Ilíada.* Los caballos hemonios son los caballos de Aquiles, rey de Ftía en Tesalia o Hemonia.

141-142 Calipso insiste en la misma idea de los versos 125-126 (construcción en anillo).

Comprensión (145-176)

Ovidio aboga por la indulgencia y la comprensión como los pilares de una relación estable. El tópico amatorio de la pleitesía y la servicialidad *(obsequium amoris)* apunta también en este sentido, pues en asuntos de amor la altivez y la soberbia están de más entre los enamorados.

147-150 A dos ejemplos proverbiales de rudeza (el gavilán y el lobo) siguen otros dos de indulgencia (la golondrina y la paloma); cf. Montero, pág. 77.

157-158 Ovidio opone la ley al amor. El matrimonio se rige por las normas jurídicas, que lógicamente deben proteger a la familia, pero en las relaciones que se pintan en la elegía latina el amor está por encima de la ley. Cf. 2.359-376; 3.585-586, 613-614.

159 Los piropos y las muestras de cariño forman parte del cortejo amoroso; cf. *Amores,* 3.7.11-12 y comentario de Ramírez de Verger *(Amores),* pág. 190.

161-168 El poeta enamorado es el *pauper amator,* el que sólo puede ofrecer la fuerza persuasiva de su poesía frente a los ricos regalos del rico *(dives amator).* De ahí también la crítica de los poetas hacia la amada codiciosa *(puella avara),* cf. Tibulo, 2.4; Propercio, 1.8.33 y ss.; Ovidio, *Amores,* 1.8.55 y ss., 1.10, 3.8; F. Navarro, «Amada codiciosa y edad de oro en los elegíacos latinos», *Habis* 22, 1991, 207-221.

169-170 Léase *Amores,* 1.7 y Ramírez de Verger *(Amores),* págs. 134-136.

175 La oposición guerra/paz *(bellum/pax)* está muy frecuente en el lenguaje amatorio; cf. Terencio, *Eunuco,* 59-61; Baldo, pág. 291.

Servicialidad (177-250)

Ovidio da un repaso a las tres actitudes que debe presentar el enamorado, si quiere tener éxito en su estrategia amorosa: pleitesía *(obsequium amoris),* esclavitud *(servitium amoris)* y disponibilidad militar *(militia amoris).*

179-197 La pleitesía *(obsequium amoris)* hacia la amada lleva al triunfo en el amor. Sobre el tópico amatorio, cf. Tibulo, 1.4; M. Labate, *L'arte di farse amare,* Pisa, 1984, 205 y ss.

185-192 El mito de Atalanta y Milanión sirve para ejemplificar cómo el héroe pudo doblegar la aspereza y el rechazo de Atalanta, hija de Jasio, rey de Arcadia, mediante las atenciones y la servicialidad. El modelo fue Propercio, 1.1.9-16; cf. Arcaz, págs. 110-111.

191 Hileo fue un centauro que había intentado violar a Atalanta, quien lo mató a flechazos, aunque antes Hileo llegó a herir a Milanión; cf. Montero, pág. 78.

193 El Ménalo era un monte de Arcadia consagrado al dios Pan.

198 El enamorado tendrá éxito si desempeña el papel de tal en el teatro del amor.

199-202 El enamorado profesional se inspira en el parásito de la comedia, el que dice sí a todo lo que diga su patrón; cf. Terencio, *Eunuco,* 249-253 (el parásito Gnatón); Horacio, *Epístolas,* 1.18.10 y ss.

203-208 Cf. Ramírez de Verger-Socas, 1995, pág. 52, n. 30: «El juego de las tabas *(tali)* se practicaba con cuatro huesecillos, cada uno de los cuales podía caer de cuatro formas diferentes. La mejor jugada era cuando todos los trebejos presentaban caras diferentes; se denominaba "jugada de Venus" *(iactus Veneris);* cuando, como aquí dice nuestro poeta, presentaban los cuatro la misma cara, era el peor lance, al que daban el nombre de "tirada del perro" *(iactus canis)*». Léase a Baldo, pág. 295 y 3.353 y ss.

209-232 De la pleitesía se pasa rápidamente a la esclavitud de amor *(servitium amoris),* uno de los pilares del código amatorio, por el que el enamorado actúa como si fuera el esclavo *(servus)* de la amada que es su dueña *(domina).* Sobre el motivo, léase a A. Ramírez de Verger, «El amor como *servitium* en Tibulo», en *Simposio Tibuliano,* Murcia, 1985, págs. 371-377.

217-222 Hércules, el símbolo del héroe estoico, fue capaz de someterse a la reina lidia Ónfale por amor (la verdad era que tenía que expiar el homicidio de Ofito y el haber luchado contra Apolo por el trípode). Sobre Hércules, léase *Metamorfosis,* 9.1-273, y *Cartas de las heroínas,* 9 *(Carta de Deyanira a Hércules).*

217 La referencia es a uno de los famosos trabajos de Hércules: la conquista de las manzanas de oro del jardín de las Hespérides. Hércules sostuvo la tierra, mientras Atlas le traía las manzanas; cf. *Metamorfosis,* 9.190-198; cf. Montero, pág. 79.

218 La madrastra es Juno, pues Hércules nació de la relación adúltera entre Júpiter y Alcmena.

226 La descripción coincide con la del *servus currens* de la comedia y con el adulador de la filosofía popular, cf. Plauto, *Anfitrión,* 984 y ss.; Horacio, *Sátiras,* 2.7.32 y ss.

El amor es una milicia (233-250)

Ovidio desarrolla una de las metáforas amatorias de más éxito entre los poetas elegíacos. El motivo de la milicia de amor *(militia amoris),* por el que el enamorado al servicio de la amada se equipara al soldado bajo las órdenes del general; cf. *Amores,* 1.9 (Ramírez de Verger, *Amores,* págs. 52-55 y 139-141); A. Spies, *Militat omnis amans. Ein Beitrag zur Bildersprache der antiken Erotik,* Diss. Tübingen, 1930 (reimp. Nueva York, 1978), págs. 64-71; E. Thomas, «Variations on a Military Theme in Ovid's *Amores»,* *Greece and Rome* 11, 1964, 151-165; P. Murgatroyd, «*Militia amoris* and the Roman Elegists», *Latomus* 34, 1975, 59-79; id., «The argumentation in Ovid *Amores* I,9», *Mnemosyne* 52, 1999, 569-571; J. A. Bellido, «El motivo literario de la *militia amoris* y su influencia en Ovidio», *Estudios Clásicos* 31, 1989, 21-32; C. Formicola, «L'accampamento di Cupido (OV. *AM.* I 9)», *Vichiana* 42, 1999, 57-73.

237-238 El amante rechazado *(exclusus amator)* tiene que soportar lo mismo que el soldado en servicio: lluvia y frío a la intemperie a las puertas de la amada. Sobre el motivo amatorio, léase a F. O. Copley, *Exclusus amator,* Baltimore, 1956; Ramírez de Verger *(Amores),* 44-46 y 132-134.

239-240 Apolo sirvió de pastor a Admeto por amor; cf. Tibulo, 2.3.11-28; Lígdamo, *Corpus Tibullianum,* 3.4.67-72, y comentario de F. Navarro, *Lygdamus,* Leiden, 1996, 372-375.

245 El atrio de la casa romana tenía en el centro una abertura en pendiente llamada *compluvium,* por donde entraba el agua de lluvia que se recogía en el *impluvium* situado en el suelo; cf. Montero, pág. 80.

248 Motivo de las «prendas de amor» *(pignus amoris).*

249-250 Leandro, de Abidos, visitaba al anochecer a su amada Hero, sacerdotisa de Afrodita en Sestos, que guiaba con un farol a Leandro en su travesía a nado del Helesponto. Una tormenta apagó la luz e hizo impracticable el camino a Leandro, que pereció ahogado; cf. *Cartas de las heroínas* 18 *(Leandro a Hero)* y 19 *(Hero a Leandro);* Museo, *Hero y Leandro.*

Comportamiento con los esclavos de la amada (251-260)

253-254 Ovidio pinta al amante como un candidato político.

256 Era la festividad (el 24 de junio) dedicada especialmente a a la plebe y a los esclavos, cf. Ovidio, *Fasti*, 771 y ss.

257 El 7 de julio; Plutarco *(Rómulo*, 29) cuenta que los pueblos latinos de los alrededores de Roma exigieron a los romanos la entrega de sus mujeres libres. Los romanos enviaron a esclavas vestidas de matronas para engañarles y avisarles cuando los latinos se encontraran borrachos y en plena fiesta; cf. Montero, pág. 81.

260 El *ostiarius* vigilaba la entrada de la casa, mientras que el *cubicularius* se encargaba del dormitorio matrimonial.

Regalos a la amada (261-272)

El enamorado pobre *(pauper amator)* debe ofrecer a la amada regalos sencillos que demuestren su devoción hacia ella. Cf. 1.417 y ss., 2.161 y ss., 3.653 y ss.

264 Los «presentes del campo» se refieren a los regalos sencillos del mundo bucólico (cf. Virgilio, *Bucólicas*, 2.40 y ss.) por oposición a los regalos lujosos que ofrece el amante rico *(dives amator)* a las amantes cada día más avariciosas. Cf. Baldo, pág. 302.

267-268 Cf. Virgilio, *Bucólicas*, 2.51-2: «Voy a coger yo en persona los canos membrillos de suave/ velo, y castañas, que mucho a mi cara Amarilis gustaban» (trad. de V. Cristóbal).

271 Alusión a los cazadores de testamentos, criticados especialmente por los poetas satíricos, como Horacio y Marcial; cf. Montero, pág. 82.

272 Es una fórmula de execración contra los cazadores de herencias.

La poesía como regalo (273-286)

Ovidio lanza un ataque contra la insensibilidad de su tiempo hacia la vida intelectual; cf. Tibulo, 1.4.57 y ss.; Ovidio, *Amores*, 3.8. La poesía podía ser un medio para conquistar a la amada; cf. Propercio, 1.7.

275-276 Motivo del amante rico *(dives amator)*; cf. versos 161 y ss.

277-278 Ovidio introduce un toque de ironía sobre lo que supone el supuesto siglo de oro de Augusto en el amor. Lo que debería ser la vuelta a la primitiva edad de oro, donde reinaba la sencillez, se ha convertido en la edad donde sólo se busca el oro como símbolo de las riquezas y el poder.

281-282 La amada querida por los poetas-amantes es culta *(puella docta)*; cf. Catulo, 35.16-17; Ovidio, *Arte de amar*, 3.311 y ss.

285 La poesía es valiosa, según el criterio alejandrino, cuando es fruto de un trabajo minucioso que exige pasar noches en vela *(agrypnia)* elaborándola; es la poesía que nace en las largas noches de insomnio del poeta enamorado, cf. Baldo, pág. 304.

Aparenta que manda ella (287-294)

Continúa Ovidio desarrollando la idea de sumisión aparente del enamorado a la amada.

Alabanza de la amada (295-314)

Tanto en el cortejo como en las relaciones, el amante debe mostrar admiración por la belleza de su amante.

303-304 Sobre la sofisticación del peinado de las romanas, cf. 3.133 y ss.

305 El baile y el canto formaban parte de las dotes de la *puella docta*.

307-308 Sobre este pasaje tan discutido, léase A. Ramírez de Verger, *Carmina amatoria*, Múnich-Leipzig, 2006, págs. 203-204.

309 Medusa es una de las tres Górgonas que tenían la facultad de petrificar a quien las mirara de frente. Perseo fue quien le cortó la cabeza; cf. González Iglesias, pág. 456; Arcaz, pág. 117.

313 Un principio fundamental de las bellas artes es precisamente que el arte y la técnica literaria no deben notarse; cf. Baldo, pág. 306.

Asistencia en la enfermedad (315-336)

La ayuda del enamorado a la amada enferma sirve para demostrarle su entera dedicación a ella. La enfermedad de la amada era un tema común en la elegía: *Cartas de las heroínas*, 20 *(Cidipe a Aconcio)* y 21 *(Cidipe a Aconcio)*; *Arte de amar*, 2.319-336; Tibulo, 1.5.9-18; Propercio, 2.9.25-28; 2.28.

329-330 La vieja maga asiste a la enferma para purificarla y apartar de ellas los males; cf. Tibulo, 1.5.11-12.

Trato continuo (337-372)

El trato *(consuetudo)* es fundamental para consolidar un amor. Hay que reforzar el amor en sus comienzos (vv. 339-348), hay que mantenerlo vivo (vv. 349-356), pero sin atosigar ni ausentarse largo tiempo (vv. 357-372).

337-8 Imagen náutica aplicada a los avatares del amor; cf. 2.9-10.

339 Cf. Lucr. 4.1283: «Y en fin además, la costumbre al amor lo va aconceñando» (trad. de A. García Calvo).

351 Un descanso de ausencia en las relaciones amorosas las fortalece; cf. Propercio, 4.5.29-30.

353-356 Los ejemplos mitológicos de Filis y Demofonte, de Ulises y Penélope y de Protesilao y Laodamía demuestran el consejo del verso 351. Es la función paradigmática de los ejemplos mitológicos. Filis, hija de Sitón, rey de Tracia, se suicidó al verse abandonada por Demofonte (cf. *Remedios de amor*, 591-607). Laodamía se suicidó cuando se enteró de la muerte de Protesilao en Troya.

357-358 El descanso, sin embargo, no se debe prolongar mucho, so pena de sorpresas desagradables.

359-372 El ejemplo de Menelao y Helena, que lo abandonó por Paris, debe servir de escarmiento para no prolongar las ausencias. Ovidio toma partido en esta «controversia» por Helena. Léanse las *Cartas de las heroínas* 16 *(Paris a Helena)* y 17 *(Helena a Paris)*. Baldo (pág. 310) divide la controversia en *relatio* (vv. 361-366), *remotio* (vv. 367-370) y *sentencia* (vv. 371-372). Ovidio parece que se expresa veladamente contra la *Lex Iulia de adulteriis* del año 18 a. C., por la que el adulterio pasaba a considerarse un delito y no una ofensa privada.

Los celos de la mujer (373-414)

Ovidio ofrece algunos consejos para evitar los celos furiosos de la mujer ofendida. Sobre los celos en la elegía amatoria, cf. S. Lilja, *The Roman Elegists' Attitude to Women,* Helsinki, 1965, págs. 156-172.

373-380 Ovidio ilustra la fuerza del instinto amoroso; cf. Virgilio, *Geórgicas,* 3.242-8.

380 Es Baco, al que se representa a veces con cuernos, símbolo de fuerza y abundancia.

381-384 Alusiones a Medea y Progne, quienes se vengaron de sus maridos (Jasón y Tereo, respectivamente) matando a sus propios hijos. Tereo, rey de Tracia, se enamoró de su cuñada Filomela. La violó, le cortó la lengua y la encerró en su casa. Pero Filomela bordó sus desgracias en una tela que enseñó a su hermana Progne, esposa de Tereo. Ésta se vengó de su esposo matando a su propio hijo Itis. Los dioses transformaron a Progne en ruiseñor, a Filomela en golondrina y a Tereo en abubilla; cf. *Metamorfosis,* 6.412-674, y Ramírez de Verger *(Metam.),* págs. 504-506.

396 Los billetes de amor se enviaban en tablillas de cera; cf. *Amores,* 1.11 y 12 y Ramírez de Verger *(Amores),* págs. 143-145; Tibulo, 2.6.45-46; Sulpicia, 4.7.7-8; Propercio, 3.23.1.

399-408 El ejemplo de Agamenón y Clitemnestra ilustra el tema del adulterio como justa venganza de una traición anterior. Clitemnestra, esposa de Agamenón, se unió a Egisto para vengar la muerte de su hija Ifigenia y por haberle sido infiel con Briseida y Casandra; cf. Montero, pág. 87.

Afrodisíacos (415-424)

Ovidio repasa sustancias nocivas para el amor (vv. 415-420) y otras que actúan de afrodisíacos (vv. 421-424). Cf. *Remedios de amor,* 795-800; cf. Montero, págs. 87-88 y su edición *Constantini liber de coitu,* Santiago de Compostela, 1983.

419 Es Venus, a quien se rendía culto en Érix, ciudad y monte de Sicilia.

422 Es la oruga o *eruca sativa,* de efectos afrodisíacos.

Cambio de rumbo (425-434)

426 La metáfora del circo, donde los carros se arrimaban a la *spina* para ganar terreno, se aplica a la obra literaria para expresar el deseo del poeta de ceñirse al asunto propuesto; cf. Cristóbal, pág. 409.

431-432 Bóreas es el viento del norte, Euro del sudeste, Céfiro del oeste y Noto del sur; cf. Homero, *Odisea,* 5.295-296, 331-332; Virgilio, *Eneida,* 1.85-86, 2.417-418.

Celos y reconciliación (435-466)

Ovidio, que conoce bien las diferentes formas de ser de las mujeres, aconseja también provocar los celos de la amada.

437-438 Las ideas están recogidas en Horacio, *Odas,* 2.3.

447-448 Fórmula del *makarismós* o alabanza del hombre afortunado en algo. El tópico literario se remonta a Homero, *Odisea* 5.306-307; cf. Virgilio, *Eneida* 1.94-96; Tibulo, 1.10.63-64; Ovidio, *Amores,* 2.10.29-30; léase el comentario de F. Navarro, *Lygdamus,* págs. 234-236.

455-466 El remedio infalible para los celos es el sexo como medicina de fuerza universal; cf. vv. 413-414.

El origen del amor (467-492)

Ovidio introduce una digresión sobre el amor de colorido lucreciano y virgiliano, que Baldo distribuye así (pág. 320): *a)* cosmogonía (vv. 467-472); *b)* el hombre primitivo y el Placer (vv. 473-80); *c)* el instinto sexual en los animales (vv. 481-488); *d)* resumen didáctico (vv. 489-492). Cf. P. Watson, «Love as civilizer. Ovid, *Ars amatoria,* 2,467-492», *Latomus* 43, 1984, 389-95.

467-472 Sobre el nacimiento del mundo, cf. Hesíodo, *Teogonía,* 116 y ss.; Lucrecio, 5.416 y ss.; *Metamorfosis,* 1.55-88, y Ramírez de Verger *(Metam.),* págs. 462-463.

473-480 Ovidio se inspira en Lucrecio, 5.925 y ss.. El sexo *(voluptas)* es el motor de la civilización humana; cf. Ovidio, *Fasti,* 4.91-114.

484 La larga duración de la cópula canina se debe a razones fisiológicas y anatómicas, además de asegurar la concepción. Léase a K. D. Fisher, «Lucretius 4,1201ff. And Ovid *Ars amatoria* 2,484», *Papers of the Liverpool Latin Seminar* 3, 1981, 417-418.

487 La yegua es símbolo de pasión sexual patológica; cf. Virgilio, *Geórgicas,* 3.266.

491 La única medicina que puede curar el mal de amores es el mismo amor, superior a cualquier otra medicina o médico, por muy famoso que sea, como Macaón, médico mítico, hijo de Esculapio o Asclepio; cf. Homero, *Ilíada,* 2.729 y ss.

Consejos de Apolo (493-510)

Ovidio introduce un intermedio para desarrollar el principio délfico del «conócete a ti mismo» (atribuido a la pitia Femónoe, hija de Apolo), tan importante en la sabiduría antigua, porque el ideal del amante es «amar con sabiduría» *(sapienter amare),* del v. 501. Los consejos son dados por

Apolo, el *praeceptor Amoris* por antonomasia. Cf. S. Casali, «Apollo, Ovid, and the Foreknowledge of Criticism *(Ars* 2.493-512)», *Class. Journal* 93, 1997, 19-27.

508 El poeta está preso de una locura en su estado de inspiración poética; cf. Horacio, *Arte poética,* 296, 455; cf. González, pág. 472.

Sufrimientos de amor (511-534)

El sufrimiento en el amor se consigue superar a través de la sabiduría del que sabe amar; cf. Lígdamo, 3.4.65-74 y comentario de Navarro en págs. 367-382; Ovidio, *Metamorfosis,* 2.680-685; Séneca, *Fedra,* 297-298.

517 El monte Atos está situado en la parte superior de la Calcídica. El monte Hibla y la ciudad del mismo nombre están situados en Sicilia. Hibla era famosa en la antigüedad por su miel.

518 El árbol de Palas es el olivo; cf. 1.727.

523-528 Tópicos del motivo amatorio del «amante rechazado» *(exclusus amator);* cf. 2.237-238, 244, 3.69-72, 456, 567, 581-582.

Soporta al rival (535-600)

540 Se alude al templo de Júpiter Óptimo Máximo en el Campo de Marte; cf. Tito Livio, 10.7.10.

541 Son las encinas del santuario de Zeus en Dodona (Epiro).

543 Son las señales secretas entre enamorados durante un banquete; cf. 1.137-138, 489-490, 569 y ss., 3.514.

545 La imagen del marido complaciente es tópica en la sátira; cf. Horacio, *Sátiras,* 2.5.75 y ss.; Juvenal, 1.55 y ss.

551 El término *vir* no tiene por qué referirse al marido, sino al amante oficial de la *puella.*

Leyenda de Marte y Venus (561-588)

El mito se hizo famoso ya en Homero, *Odisea,* 8.266-369 (canción de Demódoco). Ovidio lo trata en diversas ocasiones: *Amores,* 1.9.39-40; *Metamorfosis,* 4.167-189 y Ramírez de Verger *(Metam.),* pág. 487; *Tristia,* 2.377-378; cf. Reposiano, *Concubitus Martis et Veneris (Antología Latina,* 253); N. Holzberg, «Ovids Version der Ehebruchnovelle von Ares und Aphrodite in der Ars amatoria», *Würzburger Jahrbücher für die Altertumswissenschaft* 16, 1990, 137-152.

562 Múlciber es el epíteto de Vulcano, dios del fuego y el yunque, es decir, el herrero por antonomasia. El sobrenombre de Múlciber se relaciona etimológicamente con *mulcare* («herir», «dañar»), porque estaba cojo, o con el verbo *mulcere* («suavizar», «ablandar»), porque el fuego, sobre el que manda el dios Vulcano, lo ablanda todo; cf. Cristóbal, pág. 415.

566 El epíteto se aplica a Marte y se relaciona con el verbo *gradior* («marchar»).

567-570 El toque cómico es ovidiano, pues no aparece en la narración homérica. Vulcano era cojo como consecuencia de la caída que sufrió cuando su madre Juno lo arrojó del Olimpo al momento de nacer; cf. Arcaz, pág. 129.

573-574 Este asunto fue recogido por Velázquez en *La fragua de Vulcano;* cf. Cristóbal, pág. 416.

579 Isla del mar Egeo.

580 Las redes físicas recuerdan la metáfora amatoria de las «redes del amor» *(retia amoris).*

586 Las cadenas se refieren también metafóricamente a los lazos del amor *(catenae amoris).*

593 Dione es uno de los sobrenombres de Venus. Su madre también recibe el mismo nombre, según Homero; cf. Cristóbal, pág. 417.

596 Son los billetes de amor.

598 El fuego y el agua simbolizan para la mujer el gobierno de la casa; cf. Montero, pág. 94.

Misterios sagrados de Venus (601-732)

Discreción (601-640)

601-602 Los misterios de Ceres (cf. *Amores,* 3.10), diosa de la agricultura, se celebraban en Eleusis y Sicilia. Después, Ovidio parece aludir a los Cabiros, divinidades mistéricas que tenían su santuario en Samotracia; cf. Montero, pág. 94; cf. González Iglesias, pág. 480.

602 La isla de Samotracia en el mar Egeo frente a la costa de Tracia era un lugar de culto a Ceres.

606 Tántalo fue castigado a sufrir hambre y sed eternas por haber divulgado los secretos de los dioses; cf. Homero, *Odisea,* 11.582-592; Ovidio, *Metamorfosis,* 4.458-459; Séneca, *Agamenón,* 19-21.

610 En los misterios las mujeres llevaban unas cestas con reliquias y ofrendas. La música jugaba un papel muy importante en todos los misterios; cf. Montero, pág. 95.

613-614 Es la imagen tradicional de la iconografía de Venus, reflejada en la famosa escultura de la *Venus de Cnido* de Praxíteles.

619-620 El ambiente es el mismo que describe Ovidio en *Amores,* 1.5.3-8.

621-624 Detalles descriptivos de la Edad de Oro, siempre añorada por el hombre.

Disimula los defectos de la amada (641-662)

643-644 Perseo no echó en cara nunca a Andrómeda su color moreno. Sobre Perseo y Andrómeda, cf. *Metamorfosis,* 4.663-771 y Ramírez de Verger *(Metam.),* págs. 493-494.

646 Cf. *Remedios de amor,* 777-778.

657-662 Es una reelaboración de un famoso pasaje sobre el amante ciego de amor que no ve los defectos de su amada; cf. Lucrecio, 4.1160-1169: «Es 'morenita' la negra, la hedionda y sucia 'sencilla';/ ¿es ojizarca?: 'Minerva'; ¿nervuda?: pues 'cervatilla';/ la enana es 'pura sal toda', 'un hada de campanillas';/ 'augusta' la grandullona, y 'la majestad con que pisa';/ la tartajosa 'gorjea', es la muda 'vergonzosilla',/ mas 'chispa derrama' la odiosa y estúpida parlanchina;/ 'sílfide' la hace el amor cuando es milagro que viva/ de flaca que está, 'delicada' si ya se muere de tísica;/ ah, pero aquella tetuda es la 'Diosa Madre que cría';/ la belfa es 'nido de besos', la chata 'mi satirilla';/ y más por el mismo estilo si cuento, no acabaría». (Trad. de A. García Calvo.) Léase también a Platón, *República,* 474e-475a; *Arte de amar,* 3.261 y ss.; Baldo, págs. 337-338.

662 Se creía que la frontera entre la virtud y el vicio era muy débil; cf. Tucídides, 3.82.4 y ss.; Salustio, *Conjuración de Catilina,* 52.11; Horacio, *Odas,* 1.18.10-11.

Elogio de la mujer madura (663-702)

La alabanza de la mujer madura y sus dotes amatorias eran frecuente en la *Antología griega* (5.13, 38, 48, 62). Cf. Labate, *L'arte di farse amare,* 97-103.

663-664 El censor se encargaba precisamente del censo de los ciudadanos, de quienes debía anotar la edad y fecha de nacimiento, que venía dada por los cónsules que estuvieran en el cargo en dicha fecha.

669-674 Ovidio invita genéricamente a la actividad amorosa en parangón con las actividades normales del romano de su época, que eran la agricultura, el comercio o la milicia. Estos versos han parecido sospechosos a muchos editores, que no se ponen de acuerdo en el lugar apropiado para situarlos. Otros estudiosos lo mantienen aquí tal como han sido transmitidos por la casi totalidad de los manuscritos.

669 Tópico del *carpe diem* horaciano *(Odas,* 1.11).

679-680 Sobre las *figurae Veneris* o posturas sexuales, cf. *Amores,* 1.4.43; 2.4.22; 8.27-28; 3.7.64; 14.22 y 24; *Arte de amar,* 2.679-680; 3.769-788; *Remedios de amor,* 407-408; Tibulo, 2.6.52; Juvenal, 6.406. Cf. Montero, pág. 97, y A. Ramírez de Verger, «Figurae Veneris (Ov. *ars* 3,769-788)», en W. Schubert, ed., *Ovid, Werk und Wirkung,* págs. 237-243.

683-692 Ovidio nos presenta sin rubor sus gustos en materia de sexo, aunque la primera persona puede representar a la del maestro de amor, que enseña a unos discípulos inexpertos en estas cuestiones.

684 La controversia entre amor hetero u homosexual era un motivo manido en la *Antología griega* (5.208, 12.41); cf. Propercio, 2.4.17 y ss.

695-696 La metáfora del vino solera para evocar la superioridad de la mujer madura en el sexo pertenece a la literatura simposíaca; cf. Baldo, pág. 342.

700 Gorge era hija de Altea y hermana de Deyanira; cf. Montero, pág. 98.

El placer de Venus (703-732)

Ovidio, cual sexólogo moderno, va ofreciendo lecciones de sexo sano para que hombre y mujer disfruten de él por igual.

725-726 Metáfora de la navegación para la resolución del placer sexual.

731-732 Metáforas de la navegación y equitación para un sexo rápido; cf. 3.776-778; Horacio, *Sátiras,* 2.7.50; Adams, *The Latin sexual Vocabulary,* pág. 162; Montero, *El latín erótico,* págs. 94-95.

Epílogo (733-744)

Ovidio proclama el triunfo de su obra y solicita que sea celebrado por todo el mundo. Ovidio estampa su firma y sello final *(sphragís)* al segundo libro, con el que terminaba su proyecto inicial. Sobre la *sphragís* a una obra, cf. Teognis, 19-23; *Arte de amar,* 3.809-812; *Metamorfosis,* 15.871-879; *Tristezas,* 4.10; Horacio, *Odas,* 3.30; Propercio, 1.22.

734 El mirto es la planta consagrada a Venus que nació del mar; cf. *Amores,* 1.1.29-30; 1.2.23; 1.15.37-38; *Arte de amar,* 3.53; *Fastos,* 4.15. Léase a V. Buchheit, «Ovid und seine Muse im Myrtenkranz», *Gymnasium* 93, 1986, 257-272.

735 Podalirio era médico, hijo de Esculapio y hermano de Macaón.

736 El Eácida es Aquiles, y Néstor era caudillo de los pilios y orador prudente por excelencia.

737 Calcante era un adivino de los griegos en Troya. El hijo de Telamón es Áyax.

738 Automedonte era el auriga de Aquiles (cf. 1.5). Con su mención se cierra anularmente los dos primeros libros del *Arte de amar* dedicados a los hombres; cf. Cristóbal, pág. 423.

741 Alusión al escudo y armadura que Vulcano fabricó para Aquiles a petición de su madre Tetis; cf. Homero, *Ilíada,* 18.468-617.

Anuncio del libro tercero (745-746)

Los versos finales anuncian el nuevo proyecto de escribir un tercer libro para adoctrinar a las mujeres, que se lo habían requerido tras el éxito de los dos primeros dedicados a los hombres.

Libro tercero

Sobre el libro tercero, cf. J. F. Miller, «Apostrophe, Aside and the Didactic Adressee. Poetic Strategies in Ars amatoria III», *Materiali e Discussioni* 31, 1994, 231-242; R. K. Gibson, *Ovid; Ars amatoria book 3,* Cambridge, 2003.

Proemio (1-100)

El largo prólogo del libro tercero se distribuye en varias secciones: *a)* Propósito del libro (vv. 1-28); *b)* La mujer y el amor: necesidad de consejos (vv. 29-56); *c)* Necesidad de aprender porque «el tiempo vuela» (vv. 57-100).

Propósito del libro (1-28)

1-6 Ovidio emplea el vocabulario de la milicia aplicado al amor *(militia amoris);* cf. nota a 1.36.

11-24 Ovidio presenta un catálogo de siete mitos como «soporte didascálico» (cf. Cristante, pág. 350) de su discurso a las mujeres. Tres ejemplos son negativos (Helena, Clitemnestra y Erifile, quienes traicionaron a sus maridos) y cuatro son positivos (Penélope, Laodamía, Alcestis y Evadne, modelos de amor y fidelidad femeninas).

11-12 Menelao era esposo de Helena, y Agamenón, de Clitemnestra; cf. 2.359-372 y 399-408.

14 Ovidio se inspira en Eurípides, *Suplicantes,* 925-927: «Entonces, al noble hijo de Oicleo los dioses lo arrebataron vivo, hasta las entrañas de la tierra, con su misma cuadriga y pregonan su fama a los vientos» (trad. de J. L. Calvo).

15-22 Los mismos ejemplos de fidelidad aparecen en *Tristia,* 5.14.35-40 y *Cartas desde el Ponto,* 1.105-112.

15 Alusión al regreso de Ulises de Troya a Ítaca después de diez años de vagar por el mar Mediterráneo.

17-18 Sobre Laodamía y Protesilao, léase la magistral descripción de su historia en Catulo, 68.73-86 y 105-130.

19-20 Alcestis murió en lugar de su marido para cumplir con el mandato de Apolo.

21-22 Evadne se arrojó a la pira funeraria de su marido, como nos describe Eurípides, *Suplicantes,* 1012-1020: «También veo mi final, veo dónde estoy y la fortuna guía mis pasos, pero a favor de mi fama voy a arrojarme desde esta roca y saltar dentro de la pira. Voy a fundir mi cuerpo con mi esposo que arde entre las llamas» (trad. J. L. Calvo).

21 Propercio, 4.7.93-94: «Que ahora te posean otras; luego yo sola te tendré: conmigo estarás y desharé mis huesos mezclados con los tuyos».

26 La metáfora náutica, por la que la obra poética es como una navegación, es frecuente en Ovidio: 1.772, 2.9-10, 3.99-100, 500, 747-748. La metáfora fue imitada por Dante en el *Purgatorio* I 1-2: *per correr miglior acque alza le vele/ ormai la navicella del mio ingegno.* Cf. D. Curiazi, «Ovid. *Ars am.* III 25 y ss.», *Museum Criticum* 21-22, 1986-1987, 359.

27 Ovidio desea dejar claro, una vez más (cf. *Remedios de amor,* 385-386), que su obra se dirige a las mujeres libres, a las libertas e hijas de libertas y a las cortesanas, no a las matronas. Con *lascivi amores* Ovidio se refiere al objeto erótico de su obra.

La mujer y el amor: necesidad de consejos (29-58)

33-40 Ovidio acude, como siempre, al mito para demostrar el descontrol de las mujeres en el amor. Cuatro heroínas fracasaron por su pasión desmedida: Medea con Jasón, Ariadna con Teseo, Filis con Demofonte y Dido con Eneas. Cf. *Remedios de amor,* 55-68; Gibson, págs. 98-99.

34 La «otra desposada» es Creusa, víctima de los celos de Medea; cf. 1.335-336.

35-36 El prototipo de amada cruelmente abandonada por un hombre es Ariadna, dramáticamente descrita por Catulo, 64.50-266. El paraje desconocido es la isla de Día, nombre antiguo de las isla de Naxos.

37-38 La leyenda es contada en *Remedios de amor,* 591-606.

39-40 Ovidio critica duramente la actitud de Eneas hacia Dido, a quien dejó abandonada en Cartago.

40 Elisa es el nombre semítico de Dido.

45-52 La epifanía de Venus, diosa del amor, es obligada para inspirar al poeta en sus órdenes y consejos de amor.

49-50 Ovidio alude al Estesícoro (s. VII-VI a. C.), quien quedó ciego por haber difamado a Helena (nacida en Terapne, ciudad de Laconia) en un poema, pero recobró la vista tras una *Palinodia* a favor de la heroína; cf. Platón, *Fedro,* 243a-b; Cristóbal, pág. 428; Gibson, págs. 106-107.

53-54 El mirto estaba consagrado a Venus y los poetas de amor se rodean de una corona de mirto; cf. Plinio el Viejo, *Historia natural,* 12.3; *Amores,* 1.1.29-30, 1.2.23, 1.15.37; *Arte de amar,* 2.734; *Fastos,* 4.15-16; léase a V. Buchheit, «Ovid und seine Muse im Myrtenkranz», *Gymnasium* 93, 1986, 257-272.

57 El término *praecepta* («consejos o preceptos») es la palabra clave en la poesía didáctica amatoria y de la didáctica en general; cf. 2.745, 3.257, 651; Lucrecio, 3.10; Virgilio, *Geórgicas,* 1.176.

Tempus fugit (59-100)

El tópico literario del «tiempo huye» *(tempus fugit),* unido al del *carpe diem,* se hizo presente en la poesía elegíaca para invitar al goce del amor en los mejores años de la vida, cuando la belleza está en flor; cf. *Amores,* 2.9.41-42; *Fastos,* 5.353; Tibulo, 1.1.69-74, 1.4.27-32, 1.8.47-48; Propercio, 1.19.25-26, 2.15.23-24. El lugar más citado es Horacio, *Odas,* 1.11.7-8 (cf. comentario de Nisbet-Hubbard, *Horace: Odes I,* págs. 141-142): «Mientras hablo, habrá escapado el tiempo envidioso: disfruta del día y confía lo menos posible en el siguiente».

62 Léase *Metamorfosis,* 15.179-183.

69-72 Tópico del «amante rechazado» *(exclusus amator);* cf. 2.238.

73-82 La degradación física de la vejez aconseja el disfrute presente de la vida.

79 La flor simboliza metafóricamente la juventud y la belleza; cf. 2.665.

83-86 Los cinco ejemplos mitológicos sirven de invitación al amor a las mujeres, porque la juventud es breve: Selene o la Luna y Endimión (cf. *Amores,* 1.13.43-44), Aurora y Céfalo, Venus y Adonis, Venus y Anquises, de quienes nació Eneas, y Venus y Marte, de quienes nació Harmonía.

87-98 Apóstrofe y perorata a las mujeres para que disfruten del placer del amor. Ovidio invita a las mujeres a dar sin limitación a los hombres sexo, un bien común y sin desgaste. El poeta se basaba en el concepto de *benignitas,* es decir, la disponibilidad de las personas hacia los demás, pero Cicerón *(De los deberes,* 1.51-52) había establecido la doctrina de no negar «lo que es útil a los que reciben y no enojosas al que da». Cf. Cristante, pág. 360; Gibson, págs. 122-123.

90 Cf. *Priapeos,* 3.1-2: «Podría decirte con rodeos: 'dame lo que puedes dar repetidamente y nunca se agota'» (trad. E. Montero); cf. Montero, pág. 105-106.

96 Se refiere al agua empleada en el lavado poscoital; cf. *Amores,* 3.7.84.

99-100 La metáfora naútica para aludir a la obra poética es frecuente en Ovidio; cf. 2.9-10, 3.26.

Arreglo personal: lo antiguo y lo nuevo (101-132)

Los versos 101-205 están dedicados al *cultus* o arreglo personal de la mujer. En los versos 101-132 se hace un elogio del arreglo personal frente a la ruda sencillez *(rusticitas)* de los tiempos antiguos, lo contrario de lo que habían ensalzado Virgilio y Horacio, más fieles a la política de reforma de las costumbres de Augusto. Cf. P. Watson, «Ovid and *cultus. Ars amatoria,* 3.113-128», *Trans. and Proc. Amer. Philol. Assoc.* 112, 1982, 237-244.

101-102 Ovidio establece una comparación, derivada de la etimología agrícola de *cultus,* entre la labranza y el cultivo de la belleza; cf. *Cosméticos*, 3-7.

106 En el promontorio Idalio de la isla de Chipre existía un templo consagrado a la diosa Venus.

109-112 Los ejemplos mitológicos de Andrómaca, esposa de Héctor («el rudo soldado»), y Tecmesa, esposa de Áyax, se presentan como paradigmas negativos de cierto refinamiento femenino.

112 Sobre el escudo de siete pieles de buey de Áyax, cf. Homero, *Ilíada,* 7.219-220; Sófocles, *Áyax,* 576.

113-128 Ovidio establece una comparación entre la Roma antigua y la moderna, inclinándose claramente por la Roma moderna y sofisticada. Léase también a Virgilio, *Eneida,* 8.347-361; Tibulo, 2.5.25-38; Propercio, 4.1.1-38.

117 La Curia, sede del senado romano, fue comenzada por Julio César en el año 44 y terminada por Augusto en el año 29 a. C.

119-120 Augusto consagró un templo a Apolo en el Palatino en el año 28 a. C. para celebrar la victoria de Accio.

121-122 La fórmula «a otros guste tal cosa, yo prefiero tal otra» es típica de un «programa» *(priamel* o *praeambulum);* cf. *Amores,* 2.10.31-36; Horacio, *Odas,* 1.1; Tibulo, 1.1-6; cf. W. A. Race, *The Classical Priamel from Homer to Boethius,* Leiden, 1982, pág. 145.

129-132 Cf. A. G. Nikolaidis, «On a supposed Contradiction in Ovid» *(Medicamina faciei* 18-22 vs. *Ars amatoria* 3.129-132), *American Journal of Philology* 114, 1994, 97-104.

El peinado (133-168)

La mujer debe cuidar, en primer lugar, el peinado; cf. 2.303-304; Gibson, págs. 148-150.

134 Se refiere a las manos de la esclava *(ancilla ornatrix)* que asiste a la *puella* en su arreglo personal.

137-154 Ovidio expone un catálogo de tipos de peinado, que va ejemplificando mitológicamente.

147 Ovidio se refiere al cabello arreglado con peine de tortuga o, tal vez, al peinado en forma del caparazón de la tortuga; cf. Cristante, 368.

155-158 Hércules conquistó la ciudad del rey Eurito, porque no le había entregado a su hija Yole. Ariadna, abandonada por Teseo en Naxos, fue recogida por Baco en su carro.

165-166 Sobre el gusto por las pelucas de cabello rubio, cf. *Amores,* 1.14.45-48, y Ramírez de Verger *(Amores),* pág. 149; cf. Montero, págs. 108-109.

168 Hércules tenía un templo cerca del circo Flaminio, construido por Fulvio Nobilior en el año 189 a. C. En su exterior había una estatua de Hércules y otras de las Musas; cf. Plinio el Viejo, *Historia natural,* 35.66.

El vestido (169-192)

Ovidio asume el papel de un modisto o modista moderno, que sabe vestir apropiadamente a cada mujer, buscando el color que mejor le siente. El poeta despliega un catálogo de colores en el vestido, que parece inspirado en el *Epídico* (vv. 223-235) de Plauto: «¿Y qué decir de los nombres nuevos que inventan todos los años para sus vestidos? La túnica transparente, la túnica tupida, el liencecito de flecos, la ablusada, la orlada, la calendulina o la azafrina, las enaguas o las entierras, el velo, la realina o la extranjerina, la plisada o la bordada, la nogalina y la bobadina, en suma, bobadas y nada más que bobadas» (trad. de Román Bravo); Gibson, págs. 162-163.

175-176 Néfele, 'nube' en griego, libró a Hele y a su hermano Frixo de las insidias de su madrastra Ino; cf. Cristóbal, pág. 434.

179 Alusión a la Aurora, de color azafranado. Así se describe desde Homero, *Ilíada,* 8.1.

181 El mirto es la planta consagrada a Venus, diosa del amor.

191-192 Andrómeda era hija de Cefeo; Serifos, isla de las Cícladas, era la patria de Cefeo; cf. Cristóbal, pág. 435.

Higiene y maquillaje (193-250)

Ovidio se inspira de nuevo en Plauto, esta vez en la *Mostellaria* (vv. 157-312), donde una anciana, Escafa, instruye a una joven cortesana, Filemacia, en el arreglo para gustar al joven enamorado, Filólaques.

199-200 Cf. M. Hendry, «Rouge and crocodile dung: notes on Ovid, *Ars* 3.199-200 and 269-270», *Classical Quarterly* 45, 1995, 583-588.

204 Cidno es un río de Cilicia en Asia Menor, hoy Tarso.

205-208 Ovidio alude a su obra *Cosméticos para el rostro femenino,* de la que han llegado hasta nosotros cien versos.

209-214 Lo contrario defiende en *Remedios de amor,* 351-354.

219 El célebre escultor griego del s. IV a. C. Es el autor del Discóbolo, que ha llegado hasta nosotros a través de una copia helenística.

224 Referencia a la Venus «Anadyomene» o Venus «saliendo del agua» de Apeles; cf. 3.401-402; Plinio el Viejo, *Historia natural,* 35.91.

239-240 Sobre el maltrato a las esclavas que asistían a sus dueñas en el arreglo personal, léase *Amores,* 1.14.16-18. Las señoras producían a sus esclavas peluqueras *(ornatrices)* heridas con alfileres, horquillas o agujas del pelo; cf. Marcial, 2.66; Juvenal, 6.487-493; Petronio, *El satiricón,* 21.1; Apuleyo, *Metamorfosis,* 8.13.

244 Los hombres no podían participar en el culto de la *Bona Dea,* cuyas fiestas se celebraban el primero de mayo en su templo del Aventino.

247-248 Fórmula de la *aversio (apompé)* para trasladar un mal a los enemigos; cf. *Amores,* 3.2.16.

Trucos para ocultar los defectos (251-280)

252 Europa, hija de Agenor, rey de Tiro en Fenicia (íd. Sidonia, de Sidón), fue raptada por Júpiter en forma de toro.

253-254 En la *Ilíada* de Homero (7.362) Paris dice claramente a Menelao: «A Helena yo no la devolveré».

258 La mujer bella es más bella desnuda que adornada; cf. Propercio, 1.2, y comentario de Fedeli, págs. 89-90.

261-280 El catálogo de defectos y sus remedios subsiguientes era ya tópico; cf. Lucrecio, 4.1150 y ss.; *Arte de amar,* 2.657-662; *Remedios de amor,* 315-340; Cristante (pág. 379) aduce los consejos a las meretrices del comediógrafo helenístico Alexis (fragm. 98 Kock).

269-270 Cf. M. Hendry, «Rouge and crocodile dung: notes on Ovid, *Ars* 3.199-200 and 269-270», *Classical Quarterly* 45, 1995, 583-588.

270 Poliziano (cf. Cristante, pág. 380) pensaba en un cosmético hecho con excrementos de cocodrilo («el pez de Faros»), cf. Horacio, *Epodos,* 12.11; J. Delz, «Zu lateinischen Dichtern: Ovid als Ratgeber in Kleiderfragen *(Ars* 3,269f.)», *Museum Helveticum* 55, 1998, 61-62.

La risa (281-290)

La risa debía ser cuidada por las mujeres. Era una cuestión tópica en la literatura erótica; cf. Hesíodo, *Teogonía,* 205; Safo, fragm. 31.5, y Catulo, 51.5; Teócrito, *Idilios,* 30.5; Horacio, *Odas,* 1.22.23.

Los andares (298-310)

El andar elegante de la *puella* es tópico en la elegía; cf. *Amores,* 2.4.23-24; Catulo, 42.7; Propercio, 2.2.26, 2.4.6, 2.12.24.

303 Con el adjetivo *rubicunda* se designa a la matrona que trabaja en el campo; cf. *Cosméticos,* 11-15 («coloradota» en la traducción de Socas); Horacio, *Epodos,* 2.41: «La esposa abrasada por el sol del ligero Apulio».

La música y el canto (311-328)

311 Sobre el canto de las Sirenas, léase a Homero, *Odisea,* 12.39-54, 153-164, 181-197.

313 Según una tradición antigua, Ulises era hijo de Sísifo, quien había violado a Anticlea, hija de Laertes; cf. Cristóbal, pág. 440.

318 Los «ritmos del Nilo» deben aludir a melodías especialmente sensuales; cf. Cristante, pág. 383.

321 Sobre la leyenda de Orfeo, leáse *Metamorfosis,* 10.1-11.66; cf. Ramírez de Verger *(Metam.),* págs. 523-524 y 529.

323-324 Anfíon, hijo de Zeus y Antíope, construyó las murallas de Tebas al son de la lira; cf. Cristóbal, pág. 441.

325-326 La leyenda de Arión de Metimna (s. VII-VI a. C.), salvado por un delfín, es contada por Heródoto (1.23) y Frontón; cf. A. Ramírez de Verger, «Frontón y la Segunda Sofística», *Habis* 4, 1973, 115-126.

La poesía (329-348)

Ovidio, en una lección de literatura antigua, expone el canon de poetas que debía ser conocido y leído por las mujeres. Un canon parecido se lee en *Remedios de amor,* 757-766; *Tristia,* 2.361-468; cf. Propercio, 2. 34.61-94.

329-330 Calímaco de Cirene (ca. 310/305-ca. 240 a. C.), Filitas de Cos (s. IV a. C.) y Anacreonte de Ceos (s. VI a. C.)

331 Safo de Lesbos (s. VII a. C.) era modelo de poesía erótica.

332 Alusión a Menandro (342-ca. 292 a. C.), fuente de inspiración de la comedia latina.

333-334 Este es el canon de los poetas elegíacos latinos: Propercio (ca. 50 a. C.-16 o después a. C.), Galo (ca. 69-26 a. C.) y Tibulo (ca. 55-19 a. C.), al que se añadiría el mismo Ovidio en *Remedios de amor,* 763-766, y *Tristia,* 2.445-467.

335-338 Cf. F. Spoth, «Hohe Epik als Liebeswerbung? Zweifel an der Authentizität von Ovid, Ars 3,335-338», *Museum Helveticum* 49, 1992, 201-205.

335 Publio Terencio Varrón de Átax (82-37 a. C.) tradujo las *Argonáuticas* de Apolonio de Rodas.

337-338 Virgilio y la *Eneida;* cf. Propercio, 2.34.65-66: «¡Dejad paso, escritores de Roma, dejad paso, autores de Grecia:/ algo mayor que la *Ilíada,* no sé qué, está naciendo!».

341-342 El *Arte de amar.*

343-344 La segunda edición de los *Amores.*

345-346 Una de sus *Cartas de las heroínas.* Un poco exagerado resulta que el propio Ovidio se crea el inventor de la epístola erótica; cf., por ejemplo, Propercio, 4.3 (Aretusa a su marido Licotas); Gibson, pág. 239.

347-348 Invocación a dioses y diosas protectores de los poetas: Apolo, Baco y las nueve Musas.

La danza (349-352)

Ovidio alude especialmente a la danza de los pantomimos, que excitaban la sensualidad; cf. *Amores,* 2.4.29-30; *Arte de amar,* 1.595; *Remedios de amor,* 334, 753-754.

351 «Los artistas de la cadera» son los bailarines.

El juego (353-386)

Recoge ya lo dicho en 2.203-208; cf. *Tristia,* 2.473-482. Según Socas *(Arte de amar,* 1995, pág. 96, n. 72), Ovidio recorre diversos juegos, que podían favorecer acercamientos en el amor: *1)* las tabas (vv. 353-354); *2)* los dados (vv. 355-356); *3)* una especie de ajedrez (vv. 357-360); *4)* un juego con una raqueta o red y unas pelotas (vv. 361-362); *5)* un juego de mesa con doce casillas (vv. 363-364); y *6)* el tres-en-raya (vv. 365-366); cf. Gibson, págs. 242-244.

383-386 Ovidio recuerda en un breve catálogo los juegos masculinos; cf. *Tristia,* 2.19-22; Horacio, *Odas,* 1.8.3-12.

385 El Campo de Marte era el lugar de entrenamiento de los jóvenes. Marco Vipsanio Agripa construyó un acueducto en el año 19 a. C. para transportar agua a Roma desde un manantial, *Aqua Virgo,* nombre que alude a una doncella que lo descubrió o que indicó a unos soldados su ubicación (cf. Frontino, *Acueductos de Roma,* 1.10). Los jóvenes se lavaban con el agua de esta fuente después de sus ejercicios; cf. Cristante, pág. 390. La fuente de la Doncella es la actual *Fontana di Trevi* en Roma.

386 El río etrusco es el Tíber, que nace en Etruria.

Los paseos (387-432)

387 Léase nota a 1.67.

388 Es la constelación de la Virgen *(Virgo),* que es abrasada por los caballos del Sol durante el mes de agosto; cf. González Iglesias, pág. 522.

389 El templo de Apolo en el Palatino; cf. 1.73-74.

390 Ovidio se refiere a las naves de Cleopatra, reina de Egipto, derrotada junto a Marco Antonio por Octavio en la batalla de Accio en el año 31 a. C. Paretonio era una ciudad de Libia, que por proximidad designa la región de Egipto. Augusto dedicó el templo a Apolo para celebrar la victoria en el año 28 a. C.

391-392 La hermana, la esposa y el yerno del emperador son, respectivamente, Octavia, Livia y Vipsanio Agripa, que estaba casado con Julia, la hija de Augusto. Agripa recibió la «corona naval» por haber vencido en el mar a Sexto Pompeyo en Náuloco (Sicilia).

393 Alusión al templo de Isis; cf. 1.77.

394 Los tres teatros son el teatro de Pompeyo el Grande (54 a. C.), el teatro de Marcelo (dedicado el año 11 a. C. por Augusto en honor de su sobrino) y el teatro de Balbo (dedicado el año 13 a. C.).

395 La arena manchada de sangre es la del anfiteatro, donde combatían los gladiadores.

396 En las carreras del hipódromo *(circus)* el poste *(meta)* señala el final de cada vuelta; cf. 1.135-162.

399 Támiras era un mítico cantor tracio que se atrevió a desafiar a las Musas. Los dioses lo privaron de la vista y del talento musical, cf. Homero, *Ilíada,* 2.594-600. Amebeo era un tañedor de la cítara del s. III a. C.; cf. Ateneo, 14.623d.

400 El verso es una adaptación de un proverbio griego que nos transmite Suetonio, *Nerón,* 20.1: «Nadie hace caso de la música oculta»; cf. Aulo Gelio, *Noches Áticas,* 13.31.3; Luciano, *Harmónides,* 1; Otto, pág. 236.

401 Apeles de Colofón era el famoso pintor de época de Alejandro Magno, autor de la *Venus Anadyomene* o *Venus saliendo del mar.* El cuadro se encontraba en el templo de Asclepio en Cos y fue trasladado a Roma por augusto para colocarlo en el templo del divino Julio César; cf. *Amores,* 1.14.33-34; *Tristia,* 2.527; *Cartas desde el Ponto,* 4.1.29; Plinio el Viejo, *Historia natural,* 35.91; *Estrabón,* 14.657d.

403 Los poetas son sagrados, porque son inspirados por los dioses; cf. 3.548-549; Platón, *Fedro,* 245a; Cicerón, *En defensa del poeta Arquías,* 18; *Amores,* 3.9.17-18, y Ramírez de Verger *(Am.),* pág. 193; Lígdamo, 4.43, y Navarro Antolín, págs. 333-334.

409-410 Quinto Ennio (239-169 a.C.) era considerado el padre de la literatura latina; cf. *Amores,* 1.15.19, y Ramírez de Verger *(Am.),* pág. 151; cf. Montero, pág. 120.

410 Escipión el Africano fue el vencedor de Aníbal en Zama en el año 202 a. C.

413 Ovidio acude al tópico de la *agrypnia* o permanecer en vela para ensalzar la labor de los poetas.

415-416 Acrisio encerró a Dánae en una cámara de bronce para evitar que tuviera un hijo que, según el oráculo, lo mataría. Júpiter entró en forma de lluvia de oro y engendró a Perseo; cf. *Amores,* 3.19.27-28.

420 Es el águila, el ave de Júpiter o Zeus desde Píndaro, *Píticas,* 1.6.

425-426 Metáfora de la pesca para la caza amatoria; cf. *Antología griega,* 12.241; léase a P. Murgatroyd, «Amatory Hunting, Fishing and Fowling», *Latomus* 43, 1984, 362-368.

429-430 Andrómeda iba a ser sacrificada para expiar el pecado de su madre Casiopea, que se había atrevido a considerarse más hermosa que las Nereidas, cuando fue salvada de las fauces de un monstruo marino por Perseo; cf. *Metamorfosis,* 4.669-789; Manilio, *Astronómica,* 5.538-618; Luciano, *Diálogos marinos,* 14.3.

¡Cuidado con los donjuanes! (433-466)

439-440 La hija de Príamo es la profetisa Casandra, para quien la unión de Helena con el afeminado Paris sólo traería la ruina de Troya; cf. Cristóbal, pág. 447; Gibson, págs. 275-276.

448 El robo de vestidos estaba muy extendido en Roma, especialmente en los baños públicos; cf. Cristante, pág. 395.

451-452 Sobre el templo de Venus y las estatuas de las Apíades, cf. 1.81-82.

457-460 Ejemplos mitológicos de amores traicionados: Ariadna y Teseo, Filis y Demofonte; cf. 1.527 y ss., 2.353, 3.35-38. Los atenienses eran descendientes de Cécrope, mítico fundador de la ciudad de Atenas.

464 La hija de Ínaco es Ío, identificada con Isis; cf. 1.77.

Las cartas de amor (467-498)

De igual forma que a los jóvenes (1.437-486), Ovidio da consejos a las mujeres para enviar billetes de amor a sus amados.

467-468 Metáfora de las carreras de cuadrigas aplicada al curso de la obra literaria; cf. 1.39-40.

483 Las matronas nobles llevaban las *vittae* o «cintas»; cf. 1.31-32.

El buen carácter (499-524)

Ovidio aconseja evitar la ira, que deforma el rostro, la soberbia, enemiga del amor, y la tristeza, contraria al clima amoroso. Todo se resume en controlar las pasiones que turban el alma; cf. Cicerón, *Sobre los deberes,* 1.102. La afabilidad, la sencillez y la alegría son armas seguras en la conquista amorosa; cf. Cristante, pág. 398.

504 Las Górgonas petrificaban con su mirada.

505-506 Palas Atenea inventó la flauta, pero, cuando se puso a tocarla y contempló su rostro inflado y deformado en el agua, la arrojó lejos de sí. El sátiro Marsias la recogió para hacerse un virtuoso, aunque inferior al dios Apolo; cf. *Fastos,* 699-702.

513-514 La complacencia forma parte del *obsequium amoris* o pleitesía hacia la amada o amado; cf. 1.499-500. Sobre el lenguaje de los gestos y señales, léase 1.569; *Amores,* 1.4.17-28, y Ramírez de Verger *(Am.),* págs. 129-130.

515-516 Amor, cuando actúa de verdad, deja la espada de madera de los entrenamientos para usar las de verdad, como hacían los soldados o los gladiadores en los entrenamientos y en las luchas en serio.

519 Andrómaca, esposa de Héctor, y Tecmesa, mujer de Áyax, eran modelos de severidad; cf. 3.109-112; cf. Arcaz, 163.

Valorad a los hombres por lo que son (525-554)

Los hombres dan lo que tienen: los ricos ofrecen regalos, los oradores ayudan en los tribunales y los poetas aseguran la inmortalidad. Ovidio aprovecha la situación para entonar una sentida alabanza de los poetas.

527 La vid designa el bastón de mando de los centuriones, que lo usaban para castigar a los soldados indisciplinados. La comparación de la milicia y el amor forma parte de la metáfora amatoria de la *militia amoris.*

536-538 Un breve catálogo de poetas de amor a través de las amadas cantadas en sus poesías: Tibulo/Némesis, Propercio/Cintia, Licoris/Galo y Ovidio/Corina, cf. 3.333-346; cf. Montero, pág. 125.

539-541 El elogio de los poetas parece inspirado en Horacio, *Epistolas,* 2.1.119-123.

542 El «lecho y la sombra» caracterizan el *otium,* al que se entregan los poetas; cf. *Amores,* 1.9.41-42, y Ramírez de Verger *(Am.),* pág. 141.

543 Metáfora de la «llama de amor» o *flamma amoris.*

544 Los poetas mantenían con sus amadas un «pacto de amor» o *foedus amoris,* del que Catulo fue el primer abanderado en el poema 109; cf. Ramírez de Verger *(Catulo),* pág. 203.

545-546 Ovidio alude a la función educadora de la poesía, que ya había recordado en *Cartas de las heroínas (Safo a Faón),* 15.83-84.

547 Los poetas son «Aonios», porque en Aonia (Beocia), patria de Hesíodo, estaba la sede de las Musas, inspiradoras de los poetas.

548 Las Piérides son las Musas; cf. Cristante, pág. 402.

551 La avaricia de las cortesanas o de las amadas elegíacas se hizo tópico en el motivo de la *puella avara;* cf. *Amores,* 1.10, y Ramírez de Verger *(Am.),* págs. 141-142.

554 Motivo amatorio de las «redes del amor» o *retia amoris;* cf. 1.391-3, 2.3.

El novato y el veterano (555-570)

559-560 Términos militares aplicados al amor en la metáfora de la «milicia del amor» *(militia amoris).*

565 Sobre el *sapienter amare* o «amar con sabiduría», léase A. Ramírez de Verger, «La *puella sapiens* en Ovidio, *Amores* II 4, 45-46», *Emerita*, 69, 2001, 1-5.

567 El veterano no rompe puertas, si es excluido por la amada *(exclusus amator)*, ni se abrasa en el amor hasta quemarse *(flamma amoris)*.

568-570 Tampoco se enzarzará en peleas de amor con su amada *(rixae in amore)*; cf. *Amores*, 1.7.45-50; *Arte de amar*, 2.169-171.

La valía (577-610)

Ovidio propone el viejo aserto de que lo fácil no interesa. En el amor hay que poner obstáculos para que se valore a la mujer.

581-582 Motivo del «amante rechazado» *(exclusus amator)*; cf. *Amores*, 2.19.20-23.

583 La medicina es amarga, pero sirve para curar; cf. 2.335; *Remedios de amor*, 227.

587-588 De nuevo, Ovidio desarrolla el motivo del «amante rechazado».

591 Motivo de «las redes del amor» *(retia amoris)*; cf. 2.2, 3.554.

593-598 El rival sirve para alimentar los celos que pueden ser productivos en el amor; cf. *Amores*, 1.8.95-96 (consejos de la alcahueta).

603 Publilio Siro (5.2) dejó esta sentencia: «El placer más dulce es el que se da con dificultad»; cf. Cristante, pág. 407.

604 Tais, ateniense amada por Alejandro Magno, es el modelo de meretriz experta; cf. 1.31-33; Cristante, pág. 407.

605-608 Hechos que aparecían en escenas del mimo; cf. J. C. McKeown, «Augustan Elegy and Mime», *Proceedings of the Cambridge Philol. Assoc.* 205, 1979, 71-84.

Cómo engañar al marido (611-666)

Ovidio propone estrategias para huir del control del marido o del guardián o para encontrar a su amante en lugares públicos y templos; cf. Tibulo, 1.2.25 y ss., 1.6.9-10.

615 La esclava podía ser liberada por su dueño mediante el golpe ritual de un bastoncito sobre su cabeza *(manumissio per vindictam)* y pasaba al estatus jurídico de liberta.

616 Los consejos del poeta se asemejan, un tanto hiperbólicamente, a los ritos religiosos.

627-628 Plinio el Viejo *(Historia natural*, 26.62) ofrece esta noticia que puede explicar este pasaje: «A la lechetrezna la llama nuestra gente 'hierba de la leche' y algunos 'lechuga cabruna', y dicen que si escribe sobre el cuerpo con su jugo, cuando se ha secado, si se rocía con ceniza, aparecen las letras y que así prefieren mandar recados las adúlteras mejor que con billetillos»; cf. Ramírez de Verger-Socas 199, pág. 109, n. 103.

631 Su hija era Dánae; cf. 3.415.

635 Como devota de la diosa egipcia Isis; cf. 1.77, 3.393.

637 Los hombres no podían asistir a los ritos de la Bona Dea; cf. 3.244.

638 Publio Clodio, enemigo de Cicerón, asistió a dichos ritos vestido de mujer. La fiesta de la Bona Dea representaba una ocasión favorable para las aventuras amorosas; cf. Juvenal, 6.314 y ss.

646 El vino de Hispania pasaba por ser de mala calidad; cf. Marcial, 1.26.9.

648 «Noche de Leteo» significa 'noche de olvido', pues el Leteo es el río infernal del olvido para todos los que han fallecido.

653 El dicho se remonta a Platón, *República,* 390e.

¡Cuidado con las criadas guapas! (659-682)

662 Se trata de una expresión proverbial; cf. Petronio, *El Satiricón,* 131.7: «Ya ves, Críside querida, ya ves, cómo he levantado la liebre en beneficio de otros» (trad. de M. Díaz y Díaz); Otto, pág. 190.

666 Sobre las relaciones con las esclavas, cf. 1.375-398 y *Amores,* 2.7 y 8.

669 Metáfora de la caza; cf. Plauto, *La comedia de los asnos,* 220-221: «La casa es mi terreno, el pajarero soy yo, el cebo es la cortesana, el lecho es el reclamo y los enamorados son los pájaros».

672 Son las cincuenta hijas de Dánao, rey de Lemnos, quienes mataron a sus maridos en la noche de bodas, excepto Hipermestra, que salvó a su marido Linceo; cf. Apolodoro, 1.114.

673-674 Léase *Amores,* 1.8.71.

675-678 Cf. 2.445-54.

Los celos: leyenda de Procris (683-746)

Para enseñar que no hay que dar excesiva importancia a las rivales, Ovidio acude a la leyenda de Procris y Céfalo, único mito del libro tercero. La historia es contada más ampliamente en las *Metamorfosis,* 7.665-862 (cf. Ramírez de Verger, *Metam.,* págs. 509-512) y allí remito. El episodio se distribuye así (cf. Cristante, pág. 413): *a)* vv. 687-696 *locus amoenus*; *b)* vv. 697-712 invocación de la brisa, celos y reacción de Procris; *c)* vv. 713-746 regreso de Céfalo y muerte por error de Procris a manos de su propio marido. Cf. A. Ruiz de Elvira, «Céfalo y Procris: elegía y épica», *Cuadernos Filol. Clásica* 2, 1971, 97-123; Gibson, págs. 356-360.

685 Proverbio antiguo; cf. Eurípides, *Helena,* 1617-1618; Otto, pág. 97.

687-696 He aquí enumerados todos los elementos de un *locus amoenus* o 'lugar ideal': agua clara, césped, plantas, brisa.

699-700 Léase *Metamorfosis,* 7.821-3.

725 Céfalo era hijo de Mercurio y Herse, hija del ateniense Cécrope. Mercurio nació en el monte Cilene en la Arcadia del Peloponeso.

729 «Agradable error» es una antítesis oximórica, tomada del *gratus error* virgiliano *(Eneida,* 10.392).

739 Tópico funerario de la «muerte antes de tiempo» o *mors inmatura*; cf. *Metamorfosis,* 6.675; Virgilio, *Eneida,* 4.620, 697.

740 Es una variante de la inscripción sepulcral *Sit tibi terra levis* ('Que la tierra te sea leve'); cf. Cristante, pág. 417.

742 Acto ritual de cerrar los ojos a un muerto; cf. *Cartas de las heroínas* 1.113 *(Penélope a Ulises);* 10.120 *(Ariadna a Teseo);* Propercio, 4.11.64.

Los banquetes (747-768)

747 Fórmula con que se termina una digresión.

748 Con la metáfora de la nave Ovidio está anunciando que la obra va a llegar a puerto, es decir, va a finalizar pronto. Antes, sin embargo, debe tratar algunos asuntos importantes.

755 Efectivamente, los romanos desconocían el uso del tenedor. Comían con las puntas de los dedos según las reglas de urbanidad de la época.

759 Es Paris.

762-764 Sobre el uso moderado del vino, cf. 1.231-244, 567-568, 589-590. El vino (Baco) y el amor (Cupido, hijo de Venus) no casan mal.

Posturas sexuales (769-788)

Ovidio, siguiendo manuales pornográficos de época helenística, describe nueve posturas coitales, para que las mujeres elijan la que más le favorezca: *1) ex lege naturae* o «postura del misionero» (v. 773); *2)* la misma, pero con la mujer de espaldas (v. 774); *3) tollere pedes* o «postura de Atalanta», en la que la mujer hace descansar sus piernas sobre los hombros del hombre (vv. 775-776); *4) equus Hectoreus* o «caballo de Héctor», en la que la mujer se sienta sobre el hombre (vv. 777-778); *5) more pecudum* o «postura animal», en la que el hombre monta a la mujer (vv. 779-780); *6)* La postura del hombre de pie y la mujer tendida de frente y de lado (vv. 781-782); *7)* la anterior, pero con la mujer de espaldas con el cuello vuelto y el cabello suelto (vv. 783-784); *8)* postura del «caballo de Héctor» con la mujer vuelta hacia atrás (vv. 785-786); y *9) supponere femur* o posición lateral cara a cara (vv. 787-788). Léase a A. Ramírez de Verger, «Figurae Veneris (Ov. *Ars* 3,769-788)», *Ovid, Werk und Wirkung.* Festgabe für Michael von Albrecht zum 65. Geburtstag, Heidelberg, 1999, págs. 237-243; M.ª Cruz y E. Montero, «Filénide en la literatura greco-latina», *Euphrosyne* 18, 1990, 65-74; cf. Montero, pág. 135.

770 Originariamente Dione es la madre de Afrodita, aunque desde Teócrito *(Idilios,* 7.116) se identifique como su hija.

775 Sobre Minlanión y Atalanta, cf. 2.185.

778 La tebana es Andrómaca, hija de Eeción, rey de Tebas; cf. 2.645; Marcial, 11.104.13-14.

784 Se duda de quién pueda ser la madre de Filo. Unos creen que sería una bacante, sede del culto de Baco y patria de Filis (cf. 3.37-38), otros apuntan a Laodamía, de Tesalia (Filos es una ciudad de Tesalia); cf. Brandt, 198; Cristante, pág. 420; Socas, *Arte de amar,* pág. 116, n. 125.

Consejos sobre el sexo (789-808)

789-792 Estos versos son introducidos a modo de paréntesis para que el lector confíe en los preceptos verídicos del poeta. Se trataría de un *excursus* literario sacado de Lucrecio, 1.736-739.

789 La pitonisa de Apolo profetizaba en el templo de Delfos sentada sobre un trípode. Amón, el dios-carnero, tenía un famoso oráculo en el desierto africano; cf. *Metamorfosis,* 5.17, 328, 15.309.

793-794 Cf. 2.681-682 y 727; Gibson, págs. 398-399.

795-796 Se encuentran similitudes en 2.466, 689, 705 y 723-724.

802 Hay ecos de Catulo, 6.10-11.

Firma del autor (809-812)

El epílogo es en realidad la manifestación de la autoría de Publio Ovidio Nasón, que refrenda la obra con su sello y firma.

809-810 Los cisnes están consagrados a Venus, diosa del amor y de la poesía erótica.

812 Es el mismo verso que el 744 del libro segundo.

AUSTRAL